BABY JANE

Sofi Oksanen est née en Finlande en 1977, d'une mère estonienne et d'un père finlandais. Elle est devenue en trois romans et quelques pièces de théâtre un personnage incontournable de la scène littéraire finlandaise. *Purge* a marqué la consécration de l'auteur, qui a reçu en 2008 l'ensemble des prix littéraires du pays, mais le roman a également enrichi le débat historiographique sur cette période de l'occupation soviétique. Elle a reçu en 2010 plusieurs prix littéraires en France : le prix Femina ainsi que le prix Fnac. Elle a également été récompensée par le prix du roman européen et le Prix des lecteurs du Livre de Poche en 2012.

Paru dans Le Livre de Poche :

PURGE

LES VACHES DE STALINE

QUAND LES COLOMBES DISPARURENT

SOFI OKSANEN

Baby Jane

ROMAN TRADUIT DU FINNOIS PAR SÉBASTIEN CAGNOLI

STOCK

Titre original :

BABY JANE

ISBN : 978-2-253-01747-9

Helsinki, 1995-2002

I

True love
You're the one I'm dreaming of
Your heart fits me like a glove
And I'm gonna be true blue baby I love you

No more sadness, I kiss it goodbye
The sun is bursting right out of the sky
I searched the whole world for someone like you.

Madonna, *True Blue*

Piki était sans conteste la goudou la plus cool de la ville, quand je suis arrivée à Helsinki, encore jeunette et sans aucune expérience des femmes. Avec ses dix ans de plus que moi, elle avait déjà fait le tour du monde homo de Helsinki. Elle avait hanté les comptoirs de tous les bars d'hier et d'aujourd'hui, non sans les arroser copieusement au passage, soit en renversant des chopes, soit en vomissant dessus, ou en faisant pisser le sang à une petite camionneuse insolente. Elle avait participé au front de libération, arpenté les marches des fiertés, fréquenté le Gambrini, et elle étalait son sourire dans la revue *Seta*[1]. Elle connaissait tout le monde, et tout le monde la connaissait. Elle avait couché avec cinquante-cinq femmes avant moi, elle avait volé des voitures, dealé du speed. Elle portait des tatouages et des piercings, et elle écoutait Musta Paraati et Lords of the New Church. Elle avait des rangers à lacets rouges et fumait des Camel. Sur une chemise d'homme et un pantalon court, elle

1. Organe de la principale association LGBT de Finlande depuis 1974. (*N.d.T.*)

arborait des bretelles rouges et une cravate. Quant à ses cheveux ras, ils étaient la promesse de délicieuses chatouilles entre les cuisses. Elle était celle que je cherchais. Exactement. Piki-aux-yeux-goudron. Elle me portait sur ses épaules comme une mouche et m'embrassait à m'engloutir. Elle voulait respirer sur ma nuque en dormant, c'était important, je dégageais toujours mes cheveux pour qu'elle puisse s'imprégner du parfum de ma nuque. Elle posait sa main sur mon ventre et mettait un doigt dans mon nombril. Alors elle trouvait le sommeil. Sans prendre la peine d'enlever son treillis et sa chemise. Du moment qu'elle avait son nez sur ma nuque. Et qu'elle pouvait l'y laisser toute la nuit. Immobile, elle me tenait contre son ventre jusqu'au matin, dans le nid douillet formé par ses bras. Je n'avais jamais froid, malgré la fenêtre ouverte en toute saison. Piki me serrait si fort. Avec tant de force et de chaleur que je ne grelottais pas, même en plein hiver, quand la neige tourbillonnait dans la chambre.

Piki avait connu sa première copine à l'âge de seize ans. Dans son petit village du Nord, elle sortait avec une fille qui avait trois ans de plus qu'elle, et elles faisaient l'amour dans la petite chambre punk rock de Piki au milieu des posters, des disques et des bombes de laque. Et dans la forêt, dans le parc, dans les W-C, à l'école, à la cantine, au fond de chaque crique et sous tous les porches. Le matin, sa copine la conduisait à l'école dans sa voiture noir rock, et elle retournait la chercher l'après-midi : Piki bondissait dans le bolide pétaradant de sa copine et elles partaient faire l'amour. Piki était cool avec un shaker dans les mains, elle était cool quand elle sifflotait. Elle était cool, avec sa manière de raccompagner une femme et de l'aider à enfiler sa veste. Elle payait le taxi, cherchait des places, veillait sur le bien-être de sa compagne. Dans les bars homos, on coupait la file d'attente et elle me présentait à tout le monde. Dans les soirées nanas, on dansait des slows et elle respirait encore sur ma nuque. C'était la perfection.

Le téléphone de Piki sonnait sans cesse.

Au restaurant, sa table se remplissait tout de suite de connaissances.

« Quoi de neuf, ma vieille goudou ?

— Toi ici ! Ça roule ? »

J'ai pensé que la fille était une connaissance de longue date, mais tu parles, elle avait toujours de nouvelles connaissances, Piki. Elle pouvait trimballer une fille du Nord sortie du placard dans des soirées nanas, ou présenter à ses amies un couple de femmes d'Imatra. La gamine du Nord prenait modèle sur Piki pour s'habiller, elle achetait le même treillis et les mêmes rangers dans le même magasin, se faisait faire la même coupe courte, et elle allait jusqu'à imiter sa façon de parler, répéter ses blagues et appeler les gens par les mêmes surnoms. Elle envisageait aussi de se faire percer, d'abord le nez, même si c'est surtout le piercing sur la langue qui est cool, chez Piki, mais quand même, d'abord le nez. Après, on verra. Piki disait que ça ne faisait pas mal – enfin, à la langue –, mais la langue c'est quand même… la langue, quoi : un instrument important pour une femme qui aime les femmes. Le tout accompagné de mimiques calquées sur Piki. Quand j'ai revu cette fille par la suite, elle avait bien sûr un barbell dans la langue, et elle n'était pas peu fière de le lui montrer. Piki a répondu par ce rire de connaisseur qu'elle avait souvent et qui sous-entendait : « Je sais comment il faut te baiser. » Et quand elle en imprégnait toute sa voix, l'auditrice ne doutait pas un instant de cette certitude.

En général, quand on entend une chanteuse parler, on est déçu par sa voix, parce qu'elle s'avère ordinaire, banale. La beauté de celle de Piki, elle, était invariable. À son gré, elle capturait n'importe qui avec sa voix, homme ou femme, chien ou chat. Elle apaisait les tempêtes et les enfants qui pleurent, apportait le repos aux insomniaques et soulageait la poitrine des anxieux. Sa voix dépouillait l'ennemi de son armure, tout en restant charmante et aveuglante même dans les jurons, envoûtante même dans les sarcasmes.

Sa voix élastique, onduleuse et sinueuse, pouvait prendre n'importe quelle forme et redevenir crémeuse en un clin d'œil. À son propos, tous les mots qu'on emploie pour qualifier des voix divines étaient inadaptés, car elle ne rappelait celle de personne, ni d'une célébrité ou d'une chanteuse, ni des gens qu'on entend à la radio ou à la télé. Elle n'était pas « veloutée », « profonde » ou « rauque », non, elle était aussi suave que la peau des seins, comme une caresse de velours dans le cou, comme une main chaude sous la chemise. Une voix qui s'abreuverait de chocolat et dégusterait des amandes. Et elle était rauque, oui, comme la forêt, par une nuit d'été, devient rauque et limpide quand les ténèbres enveloppent les arbres sous la clarté du ciel. L'écouter procurait la même sensation que de poser la tête sur un oreiller en pétales de rose et de lis. Le timbre de sa voix était pareil à l'arôme de la cardamome. Et de la cannelle. Tel le merle noir, dont la gorge n'est que cannelle et cardamome.

Piki avait toujours été un clown et une blagueuse hors pair, et sa voix était celle d'un clown triste, aveuglant, trompant et dissimulant tout ce qu'elle voulait garder caché en elle. Derrière sa voix, elle était en sécurité. C'était sa couleur protectrice, qui avait la faculté de s'adapter à toutes les situations, et nul n'aurait jamais soupçonné qu'une personne aussi merveilleuse et resplendissante pouvait être en détresse. Elle était si vive, si rapide. Avant que personne ait le temps de réagir, elle brossait d'un individu à peine rencontré un portrait humoristique, une caricature irrésistible, en quelques mots qui provoquaient l'hilarité générale, réduisant la victime à se recroqueviller en rougissant. Et elle allait si vite que personne n'avait les moyens de se défendre.

Bien sûr, je n'y ai pas échappé, moi non plus. Comme j'avais de grands pieds pour une femme, Piki m'appelait « longues pattes ». Et mes chaussures, des « skis » ; mes chaussettes, des « sacs à skis ». Chaque jour, j'avais droit à de nouveaux quolibets.

Comme j'avais une grande bouche, j'étais « grosses babines ».

« Fais gaffe de pas les coincer dans la porte ! »

Comme j'avais un grand nez, c'était tous les jours Halloween.

Et quand je disais « arrête », elle répondait :

« Tu adores ça ! »

Piki m'aveuglait tant avec ses piques qu'il m'a fallu un certain temps pour apprendre à déchiffrer sa voix et deviner quand elle était sincère. Quand elle avait vraiment peur. Quand derrière sa voix transparaissait une terreur panique.

Nos premiers temps ensemble étaient des mois d'été brûlants ; comme aucune de nous deux n'appréciait la chaleur extrême, on restait au frais à l'intérieur et on sortait la nuit dans les bars. La canicule ne nous convenait pas, car nos traitements respectifs causaient de fortes sudations, et on dégoulinait tellement qu'on aurait trop attiré l'attention en sortant. On était dans l'incapacité totale de gérer nos affaires : notre transpiration aurait été interprétée comme un signe de sevrage, ou au moins de gueule de bois. La sueur fait partie des sujets sur lesquels les parfaits inconnus estiment de bon ton de faire des remarques en toutes circonstances. Comme si je ne savais pas que je transpirais. Comme si elle ne le savait pas. Cet été-là m'était impossible, impossible de garder contact avec le monde extérieur ; d'ailleurs je n'essayais même pas, à l'exception des soirées au restaurant. Cet été-là, on avait un mode de vie similaire, on allait au même rythme, dans une union harmonieuse, on fonçait en taxi à la terrasse qui était ouverte la nuit à Kaisaniemi et donc idéale pour notre cas, on sillonnait les étroites ruelles de

Kallio en se câlinant sur la banquette arrière, et Piki me chuchotait à l'oreille ce qu'elle aurait envie de me faire quand on rentrerait à la maison.

Notre premier rendez-vous devait nous conduire à une soirée nanas à Kaisaniemi, où je n'avais jamais mis les pieds. J'étais tellement excitée à la seule idée de voir Piki que j'ai fini par arriver chez elle déjà passablement éméchée. Ma première soirée à Kaisa, en plus ! J'ai ri, quand elle m'a embrassée tout entière sur le pas de sa porte, et mon rire a enveloppé les frétillements de mon ivresse printanière, il s'est mêlé aux autres sons, à l'hydromel de la langue de Piki, au pas feutré des chats et, ensuite, au bruit de la portière du taxi qu'elle a ouverte pour moi quand on partait pour Kaisaniemi. Et je me rappelle comment sa voix me faisait frémir, même quand elle demandait juste au conducteur, comme d'habitude, la permission de boire de la bière dans le taxi si on ne la renversait pas. De la Lapin Kulta, toujours de la Lapin Kulta. Le frigo de Piki en était à moitié plein. La première fois que je l'ai ouvert, la nuit où on s'est rencontrées, l'étagère inférieure était envahie de canettes de Lapin Kulta ; en haut, il y avait un beurrier avec un couteau à beurre et du fromage, rien d'autre ; dans la porte, du Pepsi et une multitude de packs de lait. La fois suivante, quand je suis revenue chez elle pour ce premier rendez-vous intimidant, j'ai trouvé le frigo rempli de produits divers et variés pour le petit-déjeuner. Tout pour moi : du jus de fruits, du yaourt, des fromages, du pain de mie, des tomates, des saucisses, des fruits. Avec cela, Piki m'a concocté un petit-déjeuner ; elle a léché les miettes de pain sur mes doigts et elle a dit que ma peau sentait encore le parc de Kaisa et l'herbe d'été sur laquelle on s'était assises après la fermeture de quatre heures, quand on n'en pouvait plus de rester plantées dans la file d'attente des taxis. Sur cette pelouse, on s'était embrassées, et mon corps avait hâte que les doigts de Piki pénètrent en moi et qu'ils s'élèvent jusqu'au fond de mon cœur pour l'emporter dans le creux de sa main. Et pendant que les doigts de Piki seraient en moi et qu'elle aurait le dos de la main sur sa cuisse, ça ferait presque mal, ce serait douloureux, trop profond, arrachant au monde toutes les couleurs à l'exception du rouge. Comme s'il tombait en moi une pluie rouge, et je serais toujours prodigieusement étonnée que les draps, au lieu de se teindre de rouge, s'imprègnent d'une humidité incolore tel un mouchoir baigné de larmes, bien que les doigts de Piki aient pénétré jusqu'au tréfonds de mon cœur. Ma peau se couvrirait d'hématomes rougeoyant dans le noir, comme si mon cœur brillait à travers la peau, comme s'il désirait encore les doigts de Piki après qu'ils s'étaient retirés. Comme si mon cœur se répandait dans tout mon corps en cherchant son chemin vers ses doigts.

Personne ne m'avait jamais tenu la main quand je jouissais, nos doigts noués, en serrant fort. Mes bagues creusaient leur empreinte dans ma peau. Et Piki a dit qu'elle les sentait encore dans sa tête le lendemain. Qu'elle s'était réveillée avec sa main comprimée par mes doigts et mes bagues, bien qu'on n'ait pas dormi dans le même lit.

Personne ne m'avait jamais tenu la nuque quand je jouissais, ma tête appuyée contre sa poitrine. Piki le faisait, avec fermeté et détermination. Ses doigts sur mon cou, ses doigts sur ma nuque, tout en haut, au niveau des oreilles. Personne ne m'avait jamais tenue ainsi dans ses bras, tout contre sa peau, en cachette du monde entier, en sécurité. Une sécurité à toute épreuve. Sa main gauche résolument sur ma nuque, ma tête sur sa poitrine, sa main droite dans ma main.

Piki était la première que je ne griffais pas au lit. La première dont je ne retrouvais pas de lambeaux de peau et de traces de sang sous mes ongles, le matin. La seule qui pouvait aller sous la douche sans faire de commentaire sur son dos et sa nuque lacérés.

On aurait pu s'attendre à l'inverse. À ce que Piki soit la première que je sois tentée de griffer, car personne ne m'avait encore fait jouir ainsi, de façon répétée, incessante, en rubans rouges perpétuels.

Les caresses griffeuses n'étaient pas au goût de Piki, certes ; mais par le passé, mon penchant ne s'était pas laissé brider par les goûts de mes partenaires. Je disais alors que je n'y pouvais rien. Et c'était vrai. Du coup, avec Piki, on aurait pu croire que j'étais plus consciente. Que je m'abstenais de la griffer parce que je savais qu'elle n'aimait pas ça. Or ce n'était pas non plus une explication valable. J'aurais pu procéder ainsi au début, bien sûr ; mais après avoir joui dix fois, il aurait été difficile d'affirmer que j'agissais encore consciemment.

On a tout de suite parlé d'avenir et de projets communs ! On restait pendues au téléphone des heures durant à rêver, au point que tout ce sucre se déposait sur le combiné. Nos lettres d'amour quotidiennes, je les glissais sous mon oreiller, au début ; ensuite, leur nombre augmentant, j'en ai fait une pile au chevet du lit ; et la nuit, on chuchotait :

Qu'est-ce que tu voudrais faire avec moi ?

Aller boire un milk-shake avec deux pailles ?

À Linnanmäki ?

À Korkeasaari, au moins à Korkeasaari !

Se promener dans la neige fraîche ?

Au bord d'un lac, sur un ponton, l'été ?

Et en Laponie ?

Je disais oui à tout.

J'attendais la première neige, l'excursion à Korkeasaari, le milk-shake partagé et la journée à Linnanmäki.

« Les montagnes russes, je n'oserai pas.

— Même si on t'achète deux barbes à papa ?

— Deux barbes à papa, et puis je garderai les yeux fermés et je mettrai la tête sous ta veste.

— Alors tu oseras ? riait Piki.

— Non, mais ça vaudrait le coup.

— Bon, mais en plus de ça, on peut te gagner un nounours géant.

— Rôôô ! On y va tout de suite ?

— C'est pas ouvert la nuit, ma chérie.

— Snif.

— Un bisou, ça te consolerait ?

— Peut-être.

— Viens voir. »

Et je croyais que tout cela était possible, je n'avais aucune raison d'en douter. Nos rêves n'avaient rien d'irréaliste : c'étaient de jolies choses, petites et grandes, qui ne nécessitaient rien d'autre qu'une bien-aimée et assez d'amour, ce dont on avait à profusion. Il fallait aussi le désir de les réaliser, bien sûr, mais cela aussi on l'avait. On avait tout ce qu'il fallait pour accomplir ces choses. On irait à Linnanmäki ; à un jeu de tir ou de massacre, Piki me décrocherait un gigantesque animal en peluche, que je serais fière de porter toute la journée. On irait se promener dans la neige fraîche et on contemplerait nos traces de pas contiguës derrière nous. On ferait tout cela ensemble. Tout cela serait à nous.

Mais Piki n'aimait pas passer du temps dans les cafés ; elle disait cela avec insouciance, mais peut-être aussi qu'elle attendait que je lui tienne tête.

Ni aller faire les courses. Ça ne lui convenait pas.

Je disais que ce n'était pas grave : je pouvais bien y aller moi-même, ou avec d'autres amis. De toute façon, on avait déjà beaucoup d'activités communes. Je n'étais pas de ceux qui ne veulent plus rien faire seuls dès lors qu'ils sortent avec quelqu'un.

Je n'avais pas besoin de Piki pour aller au cinéma.

Je savais prendre le tram toute seule.

Je ne tenais pas à me trouver un nouveau passe-temps avec ma chérie, ni à en poursuivre un ancien en sa compagnie.

Je ne voulais pas amener tout de suite Piki chez mes parents ; et mes amies aussi, je préférais les voir autour d'un café en son absence.

Tout cela m'allait bien.

Car elle m'avait promis Linnanmäki, des barbes à papa et Korkeasaari, ce que personne n'avait jamais fait. Personne n'avait encore témoigné autant d'estime pour ces petites choses. Car c'était de moi, et de moi seule, qu'elle avait besoin pour les partager. Non pas Noël, des voyages ou des mariages d'amis, mais des milk-shakes et des pigeons dans les parcs.

En plus de ces choses-là, je voulais en faire d'autres, avec Piki, des choses ordinaires contre lesquelles elle n'avait pas soulevé d'objections explicites et que je jugeais assez évidentes pour ne pas éprouver le besoin d'en parler. Je fondais tout entière, quand Piki évoquait un milk-shake à deux, je fondais à tel point que j'étais incapable d'énoncer mes propres désirs. Qu'elle vienne me chercher à la gare, par exemple. Ou au port, quand je descendrais du bateau, chargée de sacs lourds et de boissons *duty free*. Pour moi, cela allait de soi. Que je ne sois pas la seule femme du port à devoir se débrouiller toute seule avec son barda. Elle viendrait me chercher, Piki, elle m'envelopperait tout de suite de ses bras qui donnaient sa couleur à mon cœur, et elle serait contente de me voir, elle me mordillerait la nuque avec de la joie et du désir : à cet instant-là, je serais la femme la plus heureuse au monde.

Mais si d'entrée de jeu j'avais parlé à Piki du port et de la gare, de l'idée qu'elle vienne me chercher, et de l'importance que j'accordais à ces petites choses, elle ne se serait peut-être pas mise en couple avec moi. Elle ne m'aurait jamais rappelée après la première nuit, et on n'aurait pas eu le loisir de tomber amoureuses.

Piki disait que j'étais sa vie nouvelle, et elle rêvait de saunas. J'ai cherché *sauna* dans le dictionnaire des rêves et je lui ai dit que c'était le symbole d'une vie nouvelle.

« Je le savais ! »

Elle m'a passé au doigt la bague de fiançailles de sa mère, où brillait une turquoise semblable au ciel qu'on voyait par sa fenêtre, et on a attendu l'entrée en vigueur de la loi sur l'union civile.

Piki ne m'en a pas informée immédiatement, quand la situation financière est devenue tendue. Même s'il était prévu qu'on sorte le soir, elle n'avait aucune peine à me faire changer d'avis pour rester à la maison avec elle. Parfois le téléphone sonnait toute la nuit, nos amis se demandant où on était restées bloquées. D'autres fois, on les invitait à venir continuer chez nous après la fermeture des derniers bars, et tout se passait bien. Rester à la maison ne me dérangeait pas, au début, mais Piki, si. Elle voulait m'emmener dehors. Elle voulait voir ses amis. Elle voulait sortir. On aurait dit que c'était une nécessité. Après plusieurs soirées passées à la maison, je ne pouvais plus être dupe :

« Ça saute aux yeux que tu veux qu'on sorte. Alors allons-y.

— Mais non.

— Pourquoi ? »

Elle a décapsulé une autre bouteille de bière sans répondre.

« Si tu veux sortir, on sort. »

Piki regardait devant elle :

« On a pas d'argent.

— On en empruntera.

— J'en ai déjà trop emprunté.

— Alors on sortira quand on aura de l'argent.

— Ça suffira pas. J'en gagne pas assez, j'ai des dettes partout chez les potes, et toi t'en gagnes pas assez. C'est comme ça.

— Alors faisons des économies.

— Y a plus rien sur quoi je pourrais économiser. »

Je ne comprenais pas :

« Économiser, ça ne veut pas dire qu'on ne peut pas sortir, ça veut dire qu'on se serre la ceinture. Qu'on rentre en bus de nuit. Si on va à un after, ça peut durer jusqu'à six-sept heures, et à ce moment-là il y a les premiers métros et trams. Sinon, on peut aussi rester dormir sur place. Ça dérange rarement les gens.

— Ça marchera pas.

— Pourquoi ? »

Parce que Piki voulait pouvoir rentrer à la maison à la minute même où elle le décidait. Elle n'acceptait pas d'attendre ou de dormir ailleurs. Ni de se tasser dans des bus de nuit étouffants.

« On peut même pas s'asseoir.

— Moi je peux rester debout.

— Pas question que ma femme reste debout.

— Et si on allait à des soirées, ou dans des bars, en public ?

— Alors il faudra partir trop tôt.

— Si tu voulais bien que je vienne chez toi un peu plus tôt, ne serait-ce qu'à dix heures, ça nous laisserait le temps de sortir.

— Mais non. »

Il faut dire que Piki payait toujours le taxi. Et elle laissait un généreux pourboire, sans que je comprenne où elle trouvait cet argent.

Au restaurant, j'aurais pu me contenter d'une carafe d'eau. Mais Piki disait qu'on ne reste pas assis au restaurant la bouche sèche.

« D'accord. Enfin non. Moi je m'assieds, bois si tu veux.

— Ça marche pas. »

Piki avait aussi financé mes soirées dès le début, car j'avais rarement assez d'argent pour boire plus de quelques verres. Et d'autant moins pour suivre son rythme. Comme elle me rapportait un verre chaque fois qu'elle allait s'en chercher un, je m'étais habituée à cette cadence rapide et coûteuse, mais j'étais prête à y renoncer, bien sûr, maintenant qu'on n'avait plus d'argent. Non, Piki, ça ne lui convenait pas :

« Pas question que ma femme reste assise la bouche sèche. »

Une relation peut commencer par quelques mois de tendresse et de sorties dans les bars. Je n'avais jamais jugé indispensable de fréquenter le milieu et les bars homos de la capitale. Et c'était nouveau, pour moi, de m'y trouver en compagnie de ma copine. Je n'avais plus aucun mal à entrer nulle part, et aucune petite camionneuse ne venait me prendre la tête. Je pouvais être aussi féminine que je voulais, car Piki avait fait ses preuves dans le milieu pendant plus de dix ans, et elle avait une telle étoffe de goudou aguerrie que personne ne m'aurait refoulée à l'entrée de l'Hercules. Au vestiaire du Mann's Street, personne ne l'aurait escroquée en lui rendant la monnaie ; et au bar, moi aussi j'attirais l'attention. J'osais même me maquiller dans les toilettes, et on ne me faisait pas de croche-patte malgré mes talons hauts.

J'étais prête à poursuivre notre vie commune dans la nuit goudou des années encore, sans pour autant que ce soit la seule façon dont je puisse passer mon temps libre, ni que nos soirées soient les seuls moments où je quittais mon appartement. Et sans que ce soit la seule façon dont je puisse passer du temps avec ma chérie en public.

Pour Piki, c'était le cas ; mais bien sûr je ne m'en rendais pas compte, à l'époque.

C'était la fin de l'été.

Au cours de ces mois merveilleux, on n'avait pu joindre les deux bouts que grâce au travail de Piki, qui avait dealé toute l'année précédente, et parce qu'elle avait passé celle d'avant couchée chez elle sans boire et sans mettre une seule fois les pieds dans un bar. Mais cela aussi, je l'ignorais.

Quand on s'est rencontrées, on nous avait à toutes deux diagnostiqué une dépression grave. On avait les mêmes médicaments, mais des symptômes différents. La thérapie de Piki venait de se terminer – non pas parce qu'elle n'en voulait plus ou qu'elle n'en avait plus besoin, mais parce que la durée couverte par la sécu était arrivée à échéance. Piki n'est pas allée à la dernière visite. Il paraît que tout le monde fait cela. La dernière visite est de trop.

Dès notre rencontre, Piki m'a montré toutes ses ordonnances. Je les ai lues, et j'ai cru ne pas comprendre. En fait, je comprenais, bien sûr : parmi mes potes, il y avait plusieurs abonnés aux services psychiatriques, on dévorait la littérature spécialisée et nos journées, pour la plupart, commençaient par le choix des pilules. On savait s'occuper de nous mieux que les médecins, parce qu'on avait le temps de se renseigner et de se concentrer sur le contenu de nos têtes. Il était rare qu'ils nous prescrivent des médicaments qu'on ne connaissait pas. Le Vidal était notre bible. L'expérience avait montré que si l'on ne savait pas s'occuper soi-même de ses soins psychiatriques, si l'on ne savait pas s'imposer et se méfier, personne ne le ferait à votre place.

Oui, j'étais sûre de comprendre. Je croyais me rendre compte. Bien sûr, ça se soigne et on s'en sort.

Mais je n'avais pas la moindre idée de la véritable situation de Piki. Ni personne d'autre, en fait. Elle n'en parlait pas. Si par hasard elle mentionnait le nom de sa maladie, ça en restait là. Pas plus. Elle parlait de tout le reste, les rares fois où elle rencontrait des gens, et avec ses amies. Ses allusions passagères au Xanax et à l'Anafranil ou à d'autres comprimés révélaient qu'elle en connaissait un rayon, mais c'est tout.

À un moment donné, je me suis rendu compte que la dépression de Piki ne ressemblait pas à la mienne, ni à celle des déprimés que j'avais pu rencontrer au cours de ma vie. Certes, j'étais habituée à voir des dépressifs s'adonner à la boisson, ce qui alimentait la dépression. Les gens qui pataugeaient dans ce trouble de l'humeur, je savais qu'on ne pouvait pas leur demander les mêmes choses qu'aux autres. Et que fréquenter un dépressif peut être compliqué, et sortir avec lui au grand air quasiment impossible. Je savais que leur mémoire pouvait avoir des ratés, voire s'effacer pendant des mois, même si le sujet semblait opérationnel.

Ma dépression m'empêchait de rencontrer quiconque, parce que je n'avais pas la force de m'habiller, de me doucher, de sortir du lit avant la fin de la journée, voire pas du tout. Néanmoins, il m'arrivait de voir des gens, d'aller dehors, je réussissais même à aller chez les autres de temps en temps. Piki n'aurait jamais fait une chose pareille. Ma dépression se mesurait au courrier qui recouvrait le sol de mon entrée, aux journaux et aux enveloppes que je n'avais pas le courage d'ouvrir, ni même de dégager du passage. Et elle se percevait à la moisissure luxuriante au fond des tasses de café, ainsi qu'aux essaims de mouches à fruits qui envahissaient la cuisine, et à leur bourdonnement. Mais ma dépression, ce n'était que... de la dépression.

Quand mon état a cessé d'être aigu, la quantité de mouches dans ma cuisine n'a pas diminué pour autant, l'ouverture du courrier ne m'intéressait pas davantage, et ma vie sociale ne s'est pas épanouie, même si je me sentais mieux. Mais j'ai cessé, par exemple, de manquer les rendez-vous et les cours parce que je ne savais pas décider si j'enfilerais une jupe ou un pantalon, ou pour la simple raison que j'étais à court de lait et que je n'avais pas eu mon café du matin. Ou encore parce qu'il n'y avait plus de cotons-tiges et que je ne pouvais pas me maquiller comme j'en avais l'habitude. Désormais, si je n'y allais pas, c'était pour d'autres raisons, ne serait-ce que parce que je n'avais pas la force de quitter mon lit. Je ne changeais plus d'avis au dernier moment, sur le pas de la porte, avec ma veste, quand un lacet se cassait et que ça me faisait pleurer. Pour moi, c'était un changement relativement important, même si ce n'était peut-être pas le cas vu de l'extérieur. Car les gens ne font attention qu'aux mouches et à la pellicule grise à la surface des vitres.

Peut-être que les signes de ma dépression n'étaient que des traits de mon caractère, ou que la dépression était dans ma nature. Dans le fond, je n'aurais pas eu l'idée de qualifier mon état d'« épisode dépressif sévère » avant que mon médecin le fasse en ces termes.

Mais la dépression de Piki… Bon, à chacun sa dépression… C'est vrai, même si on est soi-même souffrant, on a du mal à comprendre la situation de l'autre, la maladie fût-elle la même. Mais quelque chose ne collait pas. Quelque chose était différent.

Le domicile de Piki était toujours d'une netteté agressive. L'évier et les verres crissaient de propreté. Jamais de vaisselle sale en vue. Dans l'armoire, les paires de chaussettes étaient bien alignées ; dans la salle de bains, les flacons de gel douche étaient disposés par ordre décroissant de niveau de remplissage. Piki changeait régulièrement l'annonce de son répondeur, et les bouteilles passaient dans le placard dès qu'elles étaient vides.

Un dépressif peut tenter de se raccrocher à n'importe quoi dans le souci de faire régner l'ordre, ou en observant une succession de rituels quotidiens ; mais, tôt ou tard, on finit par capituler, par perdre le contrôle. Chez Piki, tout cela se perpétuait sans variation depuis dix ans, et le maintien de l'ordre ne semblait pas lui poser de problèmes. Les choses qu'elle faisait, elle les faisait sans peine. Elle se levait facilement dès son réveil. Les périodes qu'on peut passer à regarder des documentaires animaliers à la télé sans bouger du matin au soir, elle n'en avait pas la moindre expérience. J'avais une amie dépressive qui faisait cela : toutes les autres émissions lui semblaient une perpétuelle répétition. Il y avait une seconde exception : les dessins animés.

Piki sentait toujours bon, le parfum du linge propre séché au grand air de l'été ou celui de la crème Nivea, et ses cheveux étaient toujours teints avec soin, la nuque bien nette.

Et quand je dormais dans son lit, le parfum du linge propre m'imprégnait moi aussi.

Pas question d'emprunter. On avait déjà contracté bien assez de dettes autour de nous. Et la banque n'aurait rien prêté à deux chômeuses sans patrimoine. Du côté de sa famille, Piki recevait le bon vieil adage : « Trouve-toi un boulot ! C'est ce que fait tout le monde pour gagner de l'argent. » Mais aucune de nous deux n'y parvenait.

Il fallait trouver une solution.

Qu'est-ce qu'on pourrait faire ?

Une plaisanterie de naguère nous est revenue à l'esprit.

Qu'est-ce qui se vend toujours, qui ne connaît pas la crise ?

Le sexe et la drogue.

Piki ne voulait plus dealer.

Il restait donc le sexe.

« Et j'ai un meilleur plan que la bonne vieille pipe. »

Et pour être meilleur, il l'était, le plan de Piki.

Sa voix, mes jambes.

Ses ronronnements, mon odeur.
Son rire, mes seins.
Pas de visage, pas de *live*.
Pas d'adresse, pas de nom.
Pas d'âge réel.
Même pas de signe astrologique.
Salut, ici Susa.
Ce n'est même pas ma voix, c'est celle de ma copine.
Et ma copine n'est même pas hétéro.
Et ma copine n'a jamais couché avec un homme.
Mais elle a une voix de rêve. Et moi, j'ai un corps de rêve. À nous deux, nous sommes Susanna Belle-de-Jour, avec un nom de chez Buñuel et une culotte de chez Seppälä. *Pour homme. Photos femme chaude 25 ans en simple string. Si intéressé, me contacter.*

C'est ainsi que la voix de Piki a commencé à faire tomber de l'argent. On a passé comme ça quelques bonnes années, et on aurait volontiers continué si nos arrangements, malgré leur apparente légèreté, ne nous avaient pas exténuées. S'ils n'avaient pas été un expédient pour des personnes qui n'ont pas le choix.

Le projet était parti d'un jeu : à l'origine, Piki m'avait appelée gentiment « ma petite négresse à plateau ». Du même coup, elle s'était amusée à inventer des histoires sur moi et mes lèvres. Dans tous les cas, à un moment donné, je finissais par tailler une pipe. Piki ne s'intéressait pas aux hommes, mais de m'imaginer en train de sucer une bite, apparemment, ça lui plaisait.

Je lui ai dit une fois que ce n'était pas mon truc, mais elle ne m'a pas crue. Pour lui faire plaisir, je ne l'ai pas contredite, j'ai fait semblant. D'accord, ça s'est passé de cette façon. Absolument. Je me suis tapé comme ça tous les mecs de ma ville natale. Ouais, dans le garage, dans l'arrière-cour de l'épicerie de quartier, dans les W-C de l'école, dans les vestiaires, derrière les poubelles de la bibliothèque et dans les bois. Sous le pont et dans la cabane de l'aire de jeux.

Piki voulait que je montre comment je faisais : elle tendait son doigt, et je lui montrais. Ça lui plaisait.

Elle a voulu savoir combien de fois.

J'ai dit que je n'avais pas compté.

Elle a dit que j'avais dû avoir une sacrée réputation dans les chaumières.

Plutôt, j'ai répondu.

Elle voulait que je lui fasse un compte rendu détaillé de ces pipes, mais je me taisais. Et comme je me taisais, elle a voulu que je lui remontre comment je m'y prenais, et elle m'a tendu un gode. Alors j'ai montré.

« Mon trésor devait être une sacrée suceuse. De renom ! »

Piki contemplait ma bouche.

« Écoute, ça pourrait nous rapporter pas mal d'argent. »

On s'est regardées, et on est parties au quart de tour.

« Bien sûr, jamais sans capote. Mais ce serait trop con de gâcher un tel talent. Écoute, les mecs sont prêts à payer pour une bonne pipe. Et avec une bouche pareille, on n'aurait même pas de pub à faire.

— Mais je sais pas…

— Ne mens pas. J'te force pas, hein, mais pense un peu à ce fric… Moi je m'occuperai de la gestion, des coups de fil, des messages, des petites annonces, et puis on va te trouver quelqu'un pour te couvrir, je te laisserai aller nulle part toute seule : un job propre et net. Deux minutes, deux cents balles. Ça te tente pas, peut-être ?

— Tu exagères.

— Mais non.

— Moi j'ai du mal à croire que ça puisse être si simple.

— Hé, je connais la demande, dans ce secteur. Et tu crois que ma voix ne séduirait pas la clientèle au bout du fil ? Je me suis fait un max de minutes et de clients réguliers, dans le téléphone rose. »

Cela ne m'étonnait pas. Il suffisait de parler avec Piki au téléphone pour être conquis.

« Mais mes lèvres et ta voix sont sur deux têtes, pas sur une.

— Absolument. Et alors ? Je séduis les clients au téléphone, je te les chauffe, et quand ils te verront, ils n'auront plus d'yeux que pour tes lèvres. Crois-moi. »

Quelques années plus tôt, Piki avait travaillé pour le service de téléphone érotique Widowmaker, et les provinciales qui débarquaient dans l'homoland de Kallio avaient tendance à trouver ça vachement cool. Avec ses potes, Piki s'amusait à raconter qu'elle bossait en free-lance dans le secteur du divertissement. Parfois, à l'entendre, on avait l'impression qu'elle s'en vantait, qu'elle se délectait de la réaction des petites lesbiennes. Et elle avait fait du bon boulot, Piki, elle avait gagné plus que toutes ses collègues, sa voix déversant son nectar minute après minute, dressant les oreilles de son auditeur et faisant éclore là-dessous des roses de sueur perlées de sperme. Ses interlocuteurs rappelaient toujours. Même si elle avait gagné sa croûte et qu'elle était en train de bâiller ou de s'endormir, même si elle avait oublié ce qu'elle venait d'inventer, cela n'avait pas d'importance. Avec sa voix, elle excitait très longtemps le type au bout du fil, pour très cher et pendant de nombreuses communications, avant qu'il commence à comprendre que cette voix qui sentait le délicieux minou n'était peut-être pas tout à fait sincère, peut-être qu'elle simulait. Cet accès de toux n'était-il en fait qu'un rire étouffé ?

Les années passées au téléphone érotique s'étaient terminées par une lettre du patron. Il ne fallait pas jouer à donner des rendez-vous bidon aux clients, il ne fallait pas se payer leur tête, se moquer d'eux, Piki devait comprendre cela.

Elle a compris le principe, mais le mettre en œuvre était au-dessus de ses forces : elle a démissionné de chez Widowmaker.

Sur la ligne rose, on avait souvent essayé d'obtenir des prestations téléphoniques privées avec elle. On lui proposait de verser l'argent sur son compte, après quoi elle appellerait au moment convenu pour la durée convenue ; ou bien, selon leur arrangement, ce serait le payeur qui appellerait. Mais elle n'avait pas le courage de se lancer là-dedans toute seule. D'ailleurs, elle avait déjà la tête qui crépitait, à la fin de ses journées de travail. Non, elle n'en ferait pas plus, ni plus longtemps. Piki a démissionné parce que son cerveau faisait clic-clac, et que ce clic-clac n'était plus aussi net qu'elle le laissait entendre quand elle tournait en dérision ses années passées sur les lignes téléphoniques au service d'autres personnes.

Mais maintenant... Toutes les deux... Est-ce que ça peut marcher ? Est-ce qu'on a le choix ?

Piki bénéficiait du tiers payant à la pharmacie, pas moi. Je ne lui ai pas dit que je n'avais plus de médicaments, pour qu'elle ne s'inquiète pas. Je n'avais pas d'argent pour en racheter. Piki avait persuadé le diacre de payer sa note de téléphone, mais ma situation était différente, bien sûr, moi qui jetais carrément les factures à la poubelle. Piki me cachait les autres impayés, je m'en rendais compte, mais je me taisais : qu'est-ce que j'aurais pu y faire ? Il faut dire que son esprit était plus oppressé que le mien par les factures en souffrance. Moi, j'allais me chercher un sachet de petits pains à la soupe populaire de l'église, et je me débrouillais avec.

Au début, Piki disait que, oui, elle allait accepter des clients pour des prestations sexuelles par téléphone en privé, et qu'elle se procurerait ainsi assez d'argent pour nous tirer d'affaire. Cent balles le quart d'heure. Mais dans la limite de son choix et de sa résistance. C'était elle qui déciderait. Elle savait comment faire, où passer les petites annonces, que dire au téléphone. Elle connaissait toutes les astuces : si le client veut qu'on joue avec un vibro, on allume la brosse à dents électrique ; et s'il veut entendre le bruit de la chatte mouillée, on se met un doigt dans la bouche et on se frotte les gencives, ce qui, à mon grand étonnement, produit un effet vraiment réaliste.

Le tout premier client a réclamé une culotte.

Aussitôt, on a monté notre entreprise familiale. La demande était telle que Piki a renoncé aux lignes roses classiques pour se consacrer au commerce téléphonique de Susanna Belle-de-Jour. On était débordées, n'étant nullement préparées à ces activités, avec déjà dix commandes en attente avant même que j'aie baptisé notre entreprise Susanna. Il fallait réfléchir aux prestations et aux prix, ouvrir de nouvelles lignes, acquérir un téléphone professionnel, déterminer les frais de port et les supports des petites annonces.

On était des pionnières, dans notre secteur. Depuis, on trouve les mêmes prestations aux quatre coins du web, où émergent sans cesse de nouveaux canaux publicitaires. Mais on était les premières, et on a tapé en plein dans le filon du sperme, qui n'attendait rien d'autre que nos services et la voix crémeuse de Piki. Nos lignes ont été engorgées dès la première bonne annonce signée Susanna Belle-de-Jour. On l'avait diffusée sur le télétexte. *Salut mec, étudiante de 25 ans mouille sa culotte en attendant de te l'envoyer.*

La première annonce de Susanna n'est restée à l'écran que cinq petites minutes, mais au milieu de demandes de renseignements et autres futilités, quelques vraies commandes sont arrivées. De même avec l'annonce suivante, puis avec la troisième. On variait le message et on le remettait sur le télétexte à quelques heures d'intervalle. *Mec, voudrais-tu acheter ma petite culotte usagée ? Je suis une étudiante bien roulée de 25 ans.*

On envoyait nos messages sur tous les réseaux et plateformes de rencontres possibles, partout où ils acceptaient de les publier et où l'insertion était gratuite ou pas trop chère. Le télétexte s'est révélé rentable, car il touchait aussi des gens que les journaux ou le web n'atteignaient pas. Et c'était une nouveauté. Malheureusement, les modérateurs se sont mis à censurer nos annonces, compliquant de plus en plus notre tâche, alors qu'en même temps ils publiaient celles de messieurs solvables à la recherche de jeunes filles.

Évidemment, parmi nos appelants, certains étaient persuadés que les photos étaient gratuites. Que la belle Susanna que voilà passait des annonces de tous côtés pour le plaisir de faire tourner ses photos de nu aux quatre coins de la Finlande, pour la seule raison qu'elle était en chaleur. La plupart, toutefois, comprenaient la nature commerciale de nos prestations.

Il y avait aussi ceux qui n'avaient jamais entendu parler du genre de services qu'offrait Susanna :

C'est une blague ou quoi ? Qui donc voudrait d'un slip usagé ? Est-ce que je vous envoie mes vieilles chaussettes, moi ?

C'est dégueulasse !

Morbide !

Vous êtes folles ? Non mais ma pauvre, tu sais que tu devrais te faire soigner ?

C'est pas un truc qui se fait chez les Japonais, ça ?

Mais une fois qu'on a trouvé les bons supports d'annonces, la bande d'ahuris a disparu.

Après les premiers fans de petites culottes, d'autres amateurs de sous-vêtements ont fait leur apparition, en quête de collants et de soutiens-gorge.

Piki avait connu le marché des tampons, mais moi ça m'a étonnée quand même, quand ils ont commencé à en demander.

Quand les premiers travs ont pris contact, c'est moi qui m'en suis occupée, parce que Piki ne comprenait rien aux vêtements féminins.

La petite culotte au goût du client, 100 marks.

Les soutiens-gorge selon désirs, 50 à 100 marks.

Les collants, si qualité indifférente, 100 marks.

Les tampons avec garniture au choix, 50 marks.

À chaque produit s'ajoutent les frais de port, qui dépendent du mode de livraison.

On faisait des calculs pour dégager cinquante pour cent de bénéfices. Les factures de téléphone seraient déduites en premier de toutes les recettes, puis les autres dépenses : frais d'expédition, matériel d'emballage, sachets Minigrip, ainsi que les matières premières, comme les fameuses petites culottes. Les cinquante pour cent restants seraient pour nous.

La perspective d'une amélioration de notre situation économique nous a remonté le moral comme du champagne.

Une nouvelle veste d'hiver pour Piki. Et de nouvelles chaussures adaptées au froid.

De quoi manger !

Mon téléphone réactivé. Et adieu les refus de prêts et les agios.

Du rhum !

Une chaîne hi-fi et un magnétoscope pour Piki, et de la nouvelle musique !

Des cigarillos !

Après ces calculs, notre sommeil était d'une douceur de crème fouettée. Le matin était délicieux ; même si j'étais nue, l'air qui entrait par la fenêtre ouverte n'était ni froid ni grelottant, il était frais comme l'eau de source.

Piki s'est mise à la comptabilité.

J'ai volé un téléphone professionnel et j'ai ouvert les nouvelles lignes.

On a déterré de nos placards tous les sous-vêtements à jeter et on les a triés.

C'est la poste restante qui a constitué le premier et dernier problème fondamental. Dans notre hâte, on n'avait pas trouvé d'autre adresse, parce qu'on ne voulait pas donner la nôtre, et encore moins nos noms.

Curieusement, la plupart des clients se sont dits prêts à envoyer l'argent en liquide en poste restante, et les coordonnées auxquelles expédier les marchandises.

J'allais tous les jours au bureau de poste guetter d'éventuelles lettres adressées à Susanna.

On n'en a reçu que deux. Les enveloppes contenaient en tout 800 marks, mais quand même, seulement deux. Alors que les clients intéressés s'étaient manifestés en nombre.

Le champagne dans nos têtes a vite perdu ses bulles.

J'ai dit à Piki que je ne mettrais plus les pieds à la poste pour demander si Susanna Belle-de-Jour avait du courrier. J'étais allée répéter cette question tous les jours pendant deux semaines, presque toujours en vain, il n'était pas question que je retourne aux guichets amuser la galerie.

« Alors trouve une meilleure idée. N'importe quoi pourvu que ce ne soit pas mon nom ou le tien, ni notre adresse, pour rien au monde. Jamais de la vie. »

J'ai trouvé. J'ai appelé mon copain Petrouchka et on a conclu l'affaire. On lui louerait son compte en banque. Puisque Petrouchka était un homme, les clients n'iraient guère se pointer à sa porte, ou lui envoyer des courriers de fans ou des propositions de rencontre. Puisqu'il était homo, il n'avait pas de copine à qui rendre des comptes si jamais ça se produisait quand même. Une personne qui viendrait sonner à leur porte ou les espionner ne trouverait là que deux jeunes hommes. Même si on était amis, on n'allait pas non plus assez souvent chez Petrouchka pour laisser croire que je vivais chez lui. Son compte était à notre entière disposition. Et puis il travaillait encore, et n'était donc pas tenu de présenter ses relevés de compte aux organismes sociaux. Enfin, il exerçait dans le même secteur : il en faudrait plus que cela pour l'étonner.

Piki s'est donc payé des rangers à plus de mille marks.

Quant à moi, globalement, j'ai dépensé mes premiers mille marks dans ma garde-robe.

Puis on est sorties, resplendissantes, pour une soirée à Kaisaniemi, sans avoir à emporter nos propres flasques, et on a pu partir tôt de chez nous, car on avait maintenant les moyens de payer le droit d'entrée en vigueur jusqu'à deux heures du matin. J'avais de nouveau les yeux brillants et pétillants comme une bouteille de mousseux qu'on vient d'ouvrir, Piki riait comme au premier jour et elle a acheté pour moi tout le panier d'un vendeur de roses. J'étais assise à califourchon sur ses genoux, face à elle, et j'ai embrassé sa nuque si longtemps que j'en ai mouillé le col de sa chemise. On a dansé des slows. Ses mains sur mes hanches glissaient au contact de la soie, ma nouvelle robe était douce comme une peau de phoque et je nageais là comme dans un bain de caresses,

Piki m'instillant dans l'oreille des modulations en rut. C'était une bonne soirée, une bonne nuit et une bonne matinée. Piki était enchantée par ses nouvelles chaussures et par mes hanches de soie, et sa joie rendait la mienne d'autant plus profonde.

Le lendemain, je ne me suis pas réveillée en me demandant comment me lever ce jour-là.

Et l'énergie de Piki me donnait le sourire.

Depuis le bord du lit, je l'ai regardée se lever, rouler une cigarette et s'attaquer à la comptabilité d'une main précise, dans des cahiers vieillots à couverture en moleskine, trier les enveloppes et remplir les formulaires d'expédition. J'en avais les larmes aux yeux. Je ne l'avais jamais vue comme ça. De temps en temps, elle se levait pour donner à manger aux chats, puis retournait travailler, sifflotait un peu, pianotait sur la calculatrice. Une fois réglée la comptabilité, elle est passée à l'enregistrement des cassettes. Une demi-heure de bruits d'orgasme pour une cassette audio. Sur une autre bande, elle lisait dans des magazines pornos l'histoire préférée du client.

« T'es réveillée ? Tu te rends compte, ce type a hâte de partir de chez lui parce qu'en allant au boulot il pourra écouter du porno sur une cassette dans sa voiture.

— Ou bien il s'éclipsera du bureau – oh qu'il est fatigué ! – pour écouter… de l'opéra.

— Ou une méthode de langue !

— Ah, ah, ah, je vais jouir !

— Vas-y, *baby*, jouis, jouis, jouiiiis ! »

II

Diamond and the promises and a million dollar bills
All the lives we're wasting in the Hollywood Hills

Courtney Love, *Sunset Strip*

L'immeuble d'en face s'éclairait tous les matins comme un sapin de Noël. Bling-bling-bling, les tubes fluorescents s'allumaient en défilant de bureau en bureau, et les gens réapparaissaient en cadence. Tous les matins, je regardais le même spectacle en fumant mes cigarettes du matin en robe de chambre dans le désagréable soleil du matin à la fenêtre de Joonatan. Je ne me serais pas réveillée à ce moment-là s'il n'était pas parti travailler. D'ailleurs, je n'étais pas obligée de me réveiller, mais je le faisais quand même, je me levais, m'appliquais quelques gouttes de concentré sur le visage, buvais mon café du matin, servais à Joonatan son café du matin, j'écoutais le bruissement des feuillets tout frais du journal du matin, je refaisais du café, et j'entendais dans mon dos les tubes fluorescents de l'immeuble d'en face qui s'adonnaient à leur course matinale un étage après l'autre. Joonatan commençait toujours sa journée en allumant le néon de la cuisine, mais moi j'allais l'éteindre à chaque fois : je préférais allumer une autre lampe, un tant soit peu chaleureuse.

Les rides de mes mains s'étaient creusées, pas celles de mon visage. Peut-être que j'aurais dû les hydrater avec les mêmes produits. Avant, ma ligne de cœur n'était pas visible. À présent, elle broussaillait en rosissant au centre de la paume, telle une plaie qui viendrait de perdre sa croûte.

Après les premières cigarettes, j'étalais soigneusement la crème de jour par-dessus le concentré et, dans la cuisine, j'attendais qu'elle pénètre.

Le grille-pain sur l'étagère ne servait jamais. Ni le presse-citron Alessi. De temps en temps, j'allais me mettre des gouttes dans les yeux pour dissiper la rougeur. Le bruit du journal flottait toujours dans la cuisine. Dans la cage d'escalier, les portes s'ouvraient et se fermaient, tout le monde partait travailler, et bientôt Joonatan le ferait aussi. J'allais me sécher les cheveux. C'était insupportable, de se réveiller au son des claquements de porte des travailleurs. Je n'y allais pas de main morte, avec le sèche-cheveux. J'avais envie de pleurer. J'aurais dû me teindre les sourcils, et les cils. J'aurais dû faire la vaisselle, sortir les poubelles et les journaux, aller chez le coiffeur, n'importe quoi.

Je retournerais au lit dès que Joonatan serait parti, et je mettrais le réveil pour avoir le temps de m'habiller et d'aller faire les courses avant son retour.

On ne peut pas raisonnablement affronter la matinée en étant réveillé. Pour Piki et moi, ça se passait bien, parce qu'on avait exactement le même point de vue. On était toutes les deux angoissées par la lumière et les bruits du matin, et on s'en protégeait sous la couette, sur la mezzanine. Ou bien, une fois que je m'étais dépêchée de rentrer chez moi, on pouvait combattre l'angoisse en bavardant au téléphone.

J'endurais des matins pénibles depuis maintenant deux ans.

Après la crème de jour, j'étalais la crème de base, que je laissais pénétrer. Je fumais une cigarette. Je me lavais encore les yeux avec des gouttes et je prenais le fond de teint, que j'appliquais soigneusement à l'éponge, en estompant sur le cou. J'ajoutais du fard en crème dans les creux qui se formaient quand je rentrais les joues, et je me couvrais le visage de poudre libre veloutée. Je fumais encore une cigarette. Je préparais la base sur les paupières, étalais un fard plus sombre vers l'extérieur et un plus clair vers l'intérieur, je traçais le contour des yeux avec un fard à paupières humide, et j'ombrais avec l'embout en mousse synthétique de l'eye-liner. J'ajoutais du khôl dans le coin intérieur et achevais le maquillage des yeux avec le mascara waterproof. Pour ce qui est des lèvres, après la couche de base, je traçais leur contour avec un crayon à mine souple, étalais au pinceau le rouge à lèvres longue tenue, je me les poudrais, j'y remettais du rouge et je les tamponnais sur du papier absorbant. Sur le front et les joues, encore un peu de nacre. Puisque je n'étais pas encore trop vieille pour tout cela, autant en profiter. Avant d'aller choisir des vêtements, je refaisais du café.

Tandis que je m'affairais avec la cafetière, la salière est tombée par terre et le sel s'est déversé sur le tapis, ça m'a fait monter les larmes aux yeux. J'ai envoyé d'un coup de pied la salière sous la table et j'ai filé dans la salle de bains recueillir sur des cotons-tiges les larmes accumulées au coin des yeux, pour qu'elles n'aillent pas gâcher tout le maquillage. Sinon, Joonatan se poserait des questions.

Je suis retournée dans la chambre pour ouvrir une pochette de collants neufs ; je les ai étirés, et je me suis assise sur le canapé pour les dérouler en partant des orteils. Auparavant, je m'étais limé les ongles des mains, pour ne pas déchirer les collants, et j'ai enfilé la deuxième jambe du Wolford quarante deniers qui, malgré son épaisseur, avait exactement la couleur de ma peau et parvenait à donner l'impression que j'avais la jambe nue. Si un accroc survenait au cours de la journée, je pourrais jeter ces collants à la poubelle et déballer de nouveaux Wolford. Avoir des sous-vêtements avec lesquels on puisse faire ce qu'on veut, c'est quand même bien confortable. Même si Joonatan finirait par me les enlever, de toute façon. Ce n'était pas si important.

J'hésitais un peu entre Chantelle et La Perla, j'ai choisi le second, et en même temps mes narines ont perçu des effluves de Burberry pour homme : Joonatan s'en allait. Je l'ai rejoint dans l'entrée et embrassé gentiment sur la joue, à moitié habillée, un peu comme si moi aussi j'étais en retard pour aller quelque part. Et quand la porte s'est refermée derrière lui, j'ai laissé tomber ma mise en scène, j'ai tiré les rideaux devant le spectacle des bureaux et je me suis assise à la table de la cuisine pour fumer lentement une cigarette.

Un peu reposée, j'envisageais de faire la vaisselle, maintenant que j'étais debout. Notamment les baguettes de table, et les fruits pseudo-décoratifs Artek qu'on avait eus pour la pendaison de crémaillère et qui avaient reçu des éclaboussures. Si je faisais la vaisselle tout de suite, je n'aurais plus à la faire après le réveil. Je me suis attelée à la tâche et, du même coup, sans le vouloir, j'ai lavé les vraies grenades apportées par le décorateur. Je les ai jetées avec les déchets organiques. J'ai fumé une cigarette. Sur la porte du frigo, il y avait des traces de doigts et des taches de nourriture. J'ai décidé de les enlever. J'ai d'abord fumé ma cigarette. Par la fenêtre, j'ai vu les gens qui allaient travailler, et un chien sans poils vêtu d'un manteau Burberry, avec un foulard Burberry autour du cou. Trois poussettes à la queue leu leu. Derrière courait une petite fille dans un joli manteau, qui criait en suédois : « *Maman, attends-moi !* » J'ai écrasé la cigarette dans le cendrier – Joonatan m'avait interdit de jeter les mégots par la fenêtre comme j'en avais l'habitude auparavant. Personne ne faisait cela, soi-disant, et il ne voulait pas d'un champ de mégots sur le trottoir sous sa fenêtre. Joonatan avait acheté un nouvel extracteur, plus efficace, parce que des voisins s'étaient plaints que notre fumée de cigarette s'infiltrait chez eux. J'avais oublié de l'allumer, une fois de plus ; j'ai mis le moteur en route.

Après la clope, je suis allée achever le maquillage en toute tranquillité. On aurait dit que j'avais la peau tendue par du blanc d'œuf. Je me suis un peu vaporisée avec une lotion faciale à base d'eau de source, pour fixer le maquillage, et j'ai rajouté de l'éclat naturel sur les pommettes, et la même teinte en plus foncé ailleurs. Encore un peu d'ombre au coin de l'œil et une fois la tension de blanc d'œuf éliminée, je suis allée me coucher. Dormir maquillée n'avait aucun sens, bien sûr, et ce n'était pas bon pour la peau, mais cela me permettrait de gagner du temps, une fois réveillée, quand je sortirais faire les courses. Et de dormir plus longtemps. En tout cas, je me maquillais le matin, pour produire ne serait-ce qu'un peu d'effet sur l'humeur de Joonatan.

J'ai pris un demi-Imovane, mis le réveil à sonner à deux heures et me suis enroulée dans la couette.

Chez Joonatan, je faisais les mêmes choses tous les matins. Les jours se suivaient et se ressemblaient depuis que je l'avais rencontré. Les soirs aussi. Chaque nuit, je regardais son dos. Pour me faire plaisir, il me prenait d'abord sous son bras, mais, une fois endormi, il se retournait toujours, de l'autre côté du lit, il me tournait le dos, et je ne me réveillais jamais de manière à pouvoir ouvrir les yeux en même temps que lui et, ce faisant, trouver ses yeux devant les miens. Cela ne se passait jamais ainsi, car il ne dormait jamais face à moi.

Joonatan avait une baignoire, ce qui le rendait considérablement plus sympathique que bien d'autres hommes. Mes bains duraient des heures. De temps à autre, je renouvelais l'eau pour la réchauffer, et le bain continuait. Pendant que j'étais étendue là, je pouvais fixer le mur à loisir et ne rien faire, ne rien dire. Certes, quand Joonatan n'était pas à la maison, je pouvais scruter le mur dans n'importe quel coin de la maison, mais en sa présence, cela risquait de l'intriguer.

Au début, c'était assez fréquent. Mais après avoir été moult fois tirée de mon sommeil par Joonatan qui me demandait à quoi je pouvais bien rêvasser là, répétant sa question à plusieurs reprises et y ajoutant mon nom, j'ai pris des précautions. Peut-être que je ne les aurais pas prises si Joonatan m'avait demandé à quoi je *pensais*... mais il me demandait à quoi je *rêvassais*. Je ne rêvais de rien, moi. Mais si regarder le mur passait pour de la rêverie, il valait mieux le faire à son insu. Autrement, il n'aurait pas tardé à s'imaginer que j'avais quelqu'un d'autre. Ou des idées de ce genre.

Heureusement, j'ai trouvé le bain. Là, il ne pouvait pas me surprendre comme il le faisait par exemple devant la télé, quand il me posait une question sur l'émission. Ou si j'étais restée sur le canapé ou sur le lit en train de lorgner le papier peint : il aurait pu trouver cela bizarre. Mais prendre un bain nécessitait d'être dans la baignoire, et cela pouvait même s'apparenter à un soin de beauté : Joonatan ne se mêlait pas de ces choses-là.

Prendre un bain soulageait ma soif de femme.

Dans le bain chaud, je me sentais comme dans les bras d'une femme, sans le désir. L'eau caressait ma peau comme une femme.

L'eau du bain créait sur ma peau la même sensation que les baisers de Piki, grands ouverts. J'avais l'impression d'y flotter. De poser ma main entre les jambes de Piki avec souplesse et fluidité.

Mes orteils devenaient blancs et paraissaient morts à force de rester immergés si longtemps. Comme si le sang et la chair s'en échappaient, ne laissant que des plis qu'ils n'étaient plus en mesure de remplir.

Joonatan ne disait jamais qu'il aimerait venir dans le bain avec moi ; tant mieux, je ne sais pas comment j'aurais pu refuser poliment. La baignoire était peut-être la sienne, mais les bains étaient à moi.

Joonatan s'achetait des gels douche conformes à ses matins, qui sentaient le pamplemousse et autres arômes vitalisants pour partir du bon pied, et qui promettaient le plein d'énergie pour une journée dynamique. Côté couleur, les jaunes étaient vifs et les bleus cobalt ; non seulement ces produits étaient efficaces, mais ils faisaient gagner du temps et de la place, étant donné qu'un seul flacon permettait de laver les cheveux et le corps, voire de réhydrater l'épiderme par la même occasion, si bien qu'il n'était plus nécessaire de se graisser la peau après la douche. Astucieux.

Joonatan ne passait pas de temps à choisir ses produits de toilette, et il n'en rachetait un nouveau qu'au moment où le précédent allait sur sa fin. Du même coup, il jetait le vide à la poubelle. Sur le bord de sa baignoire, il n'y avait pas toute une rangée de gels douche, il n'y avait pas de choix.

Les gels moussants de Joonatan n'étaient pas faits pour se prélasser dans un bain nocturne, ni pour prendre un bain à deux. Ils n'étaient pas faits pour compenser les caresses, ni pour leur odeur rassurante. Ils n'étaient pas faits pour être utilisés à la lumière d'une bougie, ni quand on avait envie de pleurer.

Lorsque j'allais au bain, je cachais toujours les produits de toilette de Joonatan sous des serviettes. C'étaient des symboles du matin, et je ne voulais rien d'oppressant dans mon bain. Je voulais y convier des souvenirs doux, des souvenirs de rire et de désir.

J'étais nostalgique de nos projets de vie au lit.

J'étais nostalgique des draps mouillés la nuit.

J'étais nostalgique des moments où je jouissais dans ses bras.

J'étais nostalgique de la forme de ses doigts en moi et dans ma bouche.

J'étais nostalgique de sa façon de me prendre par la main quand je jouissais, de me serrer fort, de nouer ses doigts aux miens, avec mes bagues qui laissaient leur empreinte sur la peau, de ne pas me lâcher pour autant.

J'étais nostalgique du désir.

J'étais nostalgique de sa langue passée sur ma lèvre.

J'étais nostalgique du dos rugueux de sa langue.

J'étais nostalgique de la voix d'une femme qui jouit. Et de sa jouissance.

Que j'étais nostalgique ! Dévorée par la nostalgie du corps. L'endroit où la main de Piki venait décrocher mon cœur, et qui était alors d'un rouge à éblouir les doigts, la nostalgie l'avait changé en un lichen gris.

Elle ne me laissait pas en paix, même si je faisais mon possible pour écarter de ma nouvelle vie tout ce qui pouvait me rappeler Piki. Et même si je pleurais en cachette de Joonatan au point de me bétonner les abdos et de me déformer le visage, ma nostalgie ne lâchait pas prise. Elle ne lâchait pas, même si je pleurais à m'en boucher les oreilles comme si j'étais dans un avion, un avion dont je ne pouvais pas sauter, et même si mon nez était si bouché que je ne pouvais plus avaler. Rien ne lâchait prise, rien ne cédait, même sous la douleur cuisante de mes maux de tête sans fin.

Parfois, je me réveillais la nuit. Le téléphone a sonné ? Non. Il a sonné dans mes rêves. Après cette prise de conscience, j'enroulais mes bras autour du dos qui se trouvait à côté de moi. Il était mince, mes bras faisaient sans peine le tour du thorax. La poitrine était plate et froide. J'ouvrais les yeux. C'était Joonatan.

Si je refermais les yeux, les pattes des chats grattaient autour de moi. Leurs gueules béantes disparaissaient dès que je les rouvrais. Et mon regard… il tombait alors sur la mauvaise nuque, sur les mauvaises omoplates, sur des épaules avec le mauvais tatouage.

Il fallait que je me lève. Que j'aille fumer une cigarette. Et que je me serve une vodka à la canneberge, pour m'aider à retrouver le sommeil dans des draps qui sentaient la sueur de la mauvaise personne. Pour pouvoir me rendormir en sachant que la personne à côté, le matin, serait toujours la mauvaise.

Parfois je me réveillais aussi avec la conviction qu'un chat m'avait marché sur le ventre. D'autres fois, avec un ronronnement dans mes oreilles. Quand je reprenais conscience, je comprenais que ce n'était pas le ronflement de Joonatan qui avait pu se changer en ronronnement dans ma tête, mais plutôt le bourdonnement silencieux de la nuit et le va-et-vient des pattes.

Je mettais des bouchons d'oreilles et je faisais comme si je n'entendais rien.

Mais j'entendais quand même les pattes des chats.

Parfois je me réveillais avec le bas-ventre qui palpitait de la même façon que mon cœur. Je me réveillais nostalgique de l'époque où mon entrejambe était devenu mon cœur.

J'avais toujours une réaction de surprise quand j'enroulais mes bras autour de Joonatan, même en plein jour. Je n'arrivais pas à m'habituer à la forme de son corps. Même réveillée. Je ne me trompais pas dans le prénom que je susurrais ou dans le surnom que je ronronnais, non, je ne commettais jamais ces erreurs. Mais mes bras ne s'habituaient pas. Ils s'étonnaient toujours, même longtemps après le début de ma relation avec Joonatan. Dans les relations précédentes, plus courtes, ce n'était pas le cas : moi et mes bras étions seulement de passage. Avec Joonatan, c'était différent. Mes bras n'auraient plus dû avoir peur de sa peau.

La dernière fois que je n'avais pas été seulement de passage dans une relation, mes bras ne l'étaient pas non plus. C'était avec Piki.

Chaque jour, quand j'allais faire les courses, je croisais en bas de l'immeuble un chien en manteau Burberry – Dieu sait combien il y en avait –, et sa promeneuse me saluait. Tout ce petit monde était apparemment du même immeuble, mais comment aurais-je bien pu les distinguer ? Leur apparence était identique. Ou plutôt, les dames avaient le même coiffeur. Ou la même esthéticienne, qui leur conseillait à toutes les mêmes produits. Ou le même médecin, qui leur faisait prendre à toutes les mêmes remèdes. Mais je ne me rappelle pas que l'un de mes vieux amis aurait pu être confondu avec moi, même si nous prenions les mêmes médicaments.

Dans cet immeuble, personne n'était jamais au balcon avec une cigarette.

Ni à la fenêtre, quand je levais les yeux pour regarder l'immeuble en rentrant chez moi.

Ni dans l'immeuble d'en face, dont je regardais la façade, appuyée au rebord de la fenêtre pour fumer.

Ici, personne ne se faisait vomir sur les pieds, ni le jour ni la nuit.

Ici, derrière chaque fenêtre, il y avait un sapin décoré pour Noël, dont on devinait les lumières à travers les stores vénitiens.

Ça ne puait pas l'urine sous le porche, et il n'y avait pas de tessons de bouteilles à esquiver dans la rue. Le matin, les landaus disparaissaient du trottoir et les voitures de leurs emplacements. Les journées étaient calmes et désertes. Les soirées pareilles, et les digicodes fonctionnaient toute la nuit. Le dimanche, c'était particulièrement mort. On se serait cru dans une ville fantôme. Seul le vent était vivant. Et je trouvais cela insolite, sachant que le quartier regorgeait d'enfants et d'animaux de compagnie.

Sur le trajet, j'ai fumé deux cigarettes.

Au rayon épicerie fine, j'ai acheté du fromage de chèvre, du *halloumi*, de l'agneau et des *antipasti*. Au rayon cosmétique, quelque chose de chez Chanel qui fait des merveilles. Je suis allée chercher les chaussures chez le cordonnier, et j'ai regardé les sélections de cadeaux de mariage pour le prochain week-end. Je n'étais pas la seule. Au comptoir, une femme en robe Burberry examinait la liste de cadeaux avec une vendeuse. « On peut toujours prendre les fruits en bois Artek », disait-elle à l'employée, et celle-ci acquiesçait. Je faisais tourner les tasses à expresso, sur lesquelles figuraient de petits chats, des chatons, à tête ronde et à pattes douces.

J'avais besoin d'une clope. J'avais besoin d'une clope tout de suite.

Quelqu'un dans l'immeuble de Joonatan avait fait aménager une terrasse indépendante pour son chat.

Elle devait venir se fixer à l'extérieur de la petite maison-phare de l'animal, laquelle avait été commandée auparavant dans le même magasin. Le bol d'herbe à chat se trouvait à l'extérieur de la cabane, mais il allait maintenant pouvoir prendre place sur la petite terrasse. Elle ressemblerait sûrement aux massifs de fleurs de tous les balcons.

À l'époque, les chats de Piki habitaient une boîte en carton sur une armoire.

Peut-être avaient-ils eux aussi leur petite terrasse, à présent, quelque part.

Pouvoir faire ses courses et acheter le fromage qu'on veut, plutôt que le moins cher, et pouvoir acheter du hachis maigre parce qu'on veut du hachis maigre, plutôt que du gras parce qu'il est moins cher.

Pouvoir acheter le livre qu'on veut, plutôt que l'emprunter ou le réserver à la bibliothèque.

Ne pas se soucier de la grève des transports publics, parce qu'on peut prendre un taxi ou se faire conduire par son mari.

Ça simplifie la vie.

Si on n'a pas la force de faire le ménage, pouvoir embaucher quelqu'un.

Dans cette vie-là, je peux éradiquer ma dépression et être sûre qu'elle ne revienne pas.

Dans ces conditions-là, Piki aurait pu mener une vie agréable, bénéficier des bons médicaments et des soins adéquats, et aller seule en taxi au bord de la mer, pour se promener, peut-être même toutes les nuits.

Depuis que ma relation avec Piki était terminée, je me tenais à l'écart des lieux où j'aurais pu tomber sur elle. Ou sur des connaissances communes. Je me suis rabattue sur les bars hétéros, et c'est ainsi que j'ai rencontré Joonatan. J'ai continué de fuir les bars homos de Helsinki et les soirées de Kaisaniemi. Je ne passais plus par Kallio, je me cantonnais au quartier de Joonatan, où il était absolument invraisemblable que je croise des connaissances. Qui pourrait bien venir à Eira ? Qui en aurait les moyens ?

J'éludais tous les souvenirs. J'évitais les lieux qui sentaient Piki. J'évitais les femmes qui portaient des treillis et qui fumaient comme des pompiers. Qui avaient des yeux « brun Piki ». Ou des vêtements « noir Piki ».

Il m'a fallu du temps pour m'accoutumer à la compagnie des hétéros, moi qui n'étais habituée qu'à l'ivresse entourée de visages connus, de bars connus, de musique connue, de femmes familières et d'hommes familiers. De *gay skins*. De garçons adossés à des murs, en train de racoler. Leurs T-shirts d'un blanc éclatant. Les effluves de Gaultier. Les petites camionneuses avec leurs copines, les cheveux ras, les treillis, les rangers, la poudre invisible et inodore, le mascara invisible et imperméable, les W-C mixtes, avec leurs miroirs qui ne servaient qu'à moi et aux drags.

Et je regrettais même l'agitation de la backroom de l'Hercu derrière son rideau de perles, les bars équipés de banquettes en cuir dans des alcôves privées, avec des distributeurs de serviettes jetables et des corbeilles pleines de boulettes de papier dans les coins. De la musique pourrie, l'Eurovision et les tubes finlandais. *Une femme adulte*, encore et toujours. Et *Cent éclairs mettent le feu*.

La foule du Manala me rappelait le sous-sol exigu du Lostari. L'escalier qu'on empruntait de face dans les deux sens. Le sourire de Morgan, toujours gentil. La piste de danse ridiculement petite, avec Darude aux platines. Sous le lustre en cristal du rez-de-chaussée, les quelques hétéros du Lostari vivant avec leur temps. L'obscurité générale du sous-sol. L'obscurité extrême de ses recoins. L'allure candide des frais émoulus du placard, et celle plus timorée des autres qui y sont encore. Dans l'entre-deux, il y a ceux qui traînent leur copine et la tiennent par la main en même temps qu'ils essayent de draguer un mec ; après la fermeture, la demoiselle affolée cherche son fiancé, qui a semé sa potiche pour aller jouer les prolongations avec un joli garçon. Sorti provisoirement du plus profond du placard, un autre va se chercher une station de taxis à une bonne distance de sécurité de la boîte homo, et il retourne au fond de sa tanière.

Ceux qui cherchent un plan à trois ou plus.

Les femmes qui cherchent une femme pour la première fois.

Des vieux routiers et des airs décontractés.

Ce Pakistanais de ma taille qui tenait un restaurant à Helsinki-Est et qui allait tous les soirs au Lostari chercher de jeunes garçons.

Cette gamine qui faisait le pied de grue, souvent seule, et racontait à tout le monde combien c'est délicieusement décadent de fréquenter un bar homo.

Ces jumeaux, le gay et la goudou, sur lesquels il m'arrive toujours de tomber dans le tramway. Nous échangeons des coups d'œil complices – tels des gens qui ont partagé la même table de restaurant pendant des années sans jamais s'adresser un mot, mais à une étape de la vie après laquelle rien ne serait plus comme avant.

Si je les croise en ville, je lâche la main de mon compagnon en feignant de remettre mes cheveux derrière l'oreille. Et je m'écarte un peu, suffisamment loin de lui.

Plusieurs fois, je suis tombée sur une connaissance du Lostari dans un bar hétéro : dès qu'on s'est reconnus, on a détourné la tête tous les deux en rougissant jusqu'aux oreilles. Et une même pensée nous hantait : « Nous avons trahi nos semblables. »

Parfois, les autres ne me reconnaissaient pas, mais moi oui, dans des environnements décalés, déguisés en quelqu'un d'autre – comme moi, dans un sens. Par exemple, lorsque je passais la soirée au Dix avec Joonatan et des connaissances à lui, ce que je ne faisais pas par plaisir, mais de temps en temps il le fallait, pour Joonatan. Et parce que boire en solitaire à la maison paraît toujours un peu plus misérable que prendre un verre en société. J'ai reconnu une voix dans la bande d'hétéros. D'où je la connaissais ? Elle me rappelait Piki. Pas la voix de Piki, non… l'univers de Piki. J'ai regardé cet homme plus attentivement. Et je me suis souvenue de lui. Une connaissance de Piki, du Nounours Bar.

Sa compagne était assise à côté de lui, et elle lui caressait la cuisse d'une main.

J'ai regardé la femme, et j'ai demandé à Joonatan si elle avait une liaison avec l'homme au bras duquel elle riait.

Joonatan m'a répondu qu'ils étaient mariés.

« Depuis quand ?

— Cinq ans. »

Dix ans plus tôt, la revue *Seta* était pleine de petites annonces d'hommes qui cherchaient une couverture. À présent, ces annonces-là n'existaient plus.

Malgré tout, rien n'avait changé en apparence.

J'étais fatiguée.

Je voulais un bain.

Nostalgie.

J'avais changé de monde pour ne pas m'exposer à des circonstances qui me rappelleraient Piki.

Dommage que cela n'ait pas complètement réussi.

Est-ce qu'elle savait, sa femme ? Elle avait l'air hétéro. L'homme, lui, toujours homo.

Le moins qu'on puisse dire, c'est que l'amour est aveugle.

« Ils sont heureux ?

— Qui ? Eux, là ? Oui, sans doute. La dernière fois que je suis allé chez eux pour le sauna, il a renvoyé les invités assez tôt pour qu'ils puissent baiser avant d'aller dormir.

— C'est un signe de bonheur, ça ? De crier sur les toits...

— Non, il nous l'a chuchoté, aux autres mecs.

— Ah oui, bien sûr...

— Comment ça ?

— Comme ça. »

J'écoutais parler Joonatan avec attention. Et il prononçait le mot *bonheur* de cette façon douce qui ne recèle aucune ironie. Il le pensait.

C'est dans ce même restaurant que j'avais rencontré Joonatan. Je m'étais lassée de courir les restos hétéros et de voir défiler ces visages et ces corps uniformes. Je me suis donc arrêtée sur Joonatan, qui s'est trouvé là à point nommé. Et qui ne posait pas trop de questions. En somme, il faisait bien l'affaire. Après Piki, j'étais incapable de distinguer un homme d'un autre ou une femme d'une autre.

Tout le monde avait l'air pareil, tant que rien ne me rappelait Piki.

Tout le monde sentait pareil, tant que l'odeur n'avait rien de celle de Piki.

Tout le monde avait la même voix. De toute façon, personne ne pourrait avoir celle de Piki.

Bref, Joonatan ou un autre, ça ne changeait rien, sans doute.

Il était aussi intéressant que n'importe quelle personne qui ne me rappellerait pas Piki.

Et si tout le monde était du pareil au même, je n'avais aucune raison de le quitter pour quelqu'un d'autre. Et cela aurait exigé des efforts colossaux. Du travail. Des virées dans des enfers hétéros. Des contacts. Des coups de fil et des rencontres. Parler de soi. Des conversations. Des tracas à n'en plus finir. Et au bout du compte, le résultat aurait été le même. Enfin, disons qu'il aurait eu le même sens. La même absence de sens.

Je voulais juste pouvoir prendre mon bain en paix. Et Joonatan me laissait faire, il ne bavardait pas excessivement, ne posait pas trop de questions. Cela faisait de lui un choix potable. Une solution de facilité. Dans la baignoire, je pouvais flotter un instant avec Piki.

III

A lover spurned
A lesson learned
On love you've got
Your fingers burnt
Shed bitter tears
Now love has turned
The sweet revenge
Of a lover spurned

Marc Almond,
A Lover Spurned

On était en train de résoudre l'énigme de Kirsti Rissanen autour d'un rhum, la première fois que Bossa est passée chez Piki en ma présence. Bossa, c'était la meilleure amie de Piki, mais elle n'aimait pas fréquenter les bars. Comme mes virées avec Piki étaient centrées sur les bars, il n'était pas étonnant qu'on n'ait pas encore passé de soirées avec elle.

Auparavant, je n'avais vu Bossa qu'en photo, dans le sac à copines de Piki : une petite photo d'identité où elle avait de courts cheveux blonds fraîchement tondus, parce que Piki avait dit que cette coupe lui irait bien – ce qui était vrai, comme Bossa avait pu le constater après avoir demandé au coiffeur de suivre la suggestion de Piki. Bossa avait l'air d'une jeune star provocante comme Leea Klemola, en plus sage, un peu tête à claques.

Dans le sac à copines, il y avait aussi des photos et divers souvenirs de ses autres ex, de différentes époques, mais Bossa était la seule dont je me souvenais, parce que l'appartement foisonnait d'objets qu'elle avait apportés ; des objets qui n'avaient pas fini dans le sac à copines, contrairement aux cadeaux des autres femmes après les ruptures. Sur la porte du frigo, il y avait des magnets offerts par Bossa, et à côté du téléphone, un stylo à elle. L'horloge venait de Bossa, de même que le père Noël sur l'étagère à épices. Toutes les affaires qui détonnaient avec le style de Piki, on pouvait être sûr que c'étaient des cadeaux de Bossa.

« Qu'est-ce qui vous fait rire ? a demandé Bossa tout en déballant des sacs de supermarché.

— Attends, je te raconte, a répondu Piki la clope aux lèvres. On a mis pas mal de petites annonces de Susanna dans le magazine *Marché jaune*. Peu après, on a reçu une lettre qui disait : *Cher client, Pour les professionnels, notre magazine réserve des espaces publicitaires payants.* Point final. Le *Marché jaune* est géré par la même boîte que *Palsta*, dans lequel on avait aussi des annonces : il faut croire que leur lectorat ne compte pas la même proportion de clients potentiels de Susanna Belle-de-Jour.

— Et avant Mlle Rissanen, on n'avait aucune idée du langage codé des annonces du *Marché jaune*. On savait seulement qu'elles ne coûtaient rien et qu'il y en avait pour tous les goûts. Bien sûr, on avait entendu parler des gars qui répondaient aux annonces de pièces détachées de voiture ou de moto et qui tombaient sur un service de divertissement payant. Mais on ne pouvait pas s'en inspirer pour la publicité de Susanna.

— Il n'y a pas une rubrique "rencontres" ? Ça existe dans tous les magazines, non ? » s'est étonnée

Bossa en venant s'asseoir à la table. Elle a redressé son serre-tête. Comment une goudou androgyne comme elle pouvait-elle porter un serre-tête avec des cheveux d'une longueur imperceptible ? Ou plutôt, qu'est-ce que Piki avait bien pu faire avec une femme affublée d'un serre-tête ? J'observais Bossa discrètement. Elle m'intéressait, parce qu'elle était enveloppée d'un certain nombre d'énigmes. Comme ces cadeaux qui n'avaient pas fini dans le sac à copines.

« Euh, si, mais les consignes disent que c'est pour les hommes et femmes libres désireux de rencontrer quelqu'un du sexe opposé.

— Ah carrément, *du sexe opposé*, a ri Bossa.

— Ben tiens, c'est un magazine pour hétéros bien comme il faut et autres personnes normales, a grimacé Piki la clope au bec. Même si la plupart des numéros de la rubrique "rencontres" ont un préfixe de service surtaxé.

— Et il y a aussi des agences qui tiennent des catalogues volumineux de ravissantes jeunes Russes souhaitant faire connaissance avec un Finlandais à des fins matrimoniales. C'est incontestablement un achat d'épouse, ce "service de rencontre destiné aux hommes et femmes libres cherchant expressément la compagnie d'une personne du sexe opposé", j'ai ajouté tandis que Piki servait un whiskey à Bossa.

— Bon, mais alors, cette Kirsti Rissanen… » Bossa a pris une première gorgée de whiskey. J'étais un peu embarrassée par sa fadeur déconcertante. Les femmes de Piki, que je sache, avaient toujours été des personnalités imposantes. Et loquaces.

« On y arrive, justement. On a essayé toutes sortes de variations sur les annonces de Susanna, mais aucune n'a été publiée.

— Alors on a pigé, a continué Piki. Dans ce bordel jaune, là, il y a une section pour les vêtements d'occasion, masculins et féminins, avec des catégories distinctes pour les chaussures et pour les cuirs. On a donc essayé de glisser là-dedans des sous-vêtements sexy…

— Mais ce n'est pas passé, j'ai coupé Piki. Alors on a indiqué comme article à vendre : *chemise de nuit en satin peu portée et robe de chambre assortie, 200 marks*. C'est passé, et le téléphone a sonné.

— Et si je comprends bien, aucun des appelants n'était une femme ? a demandé Bossa.

— Exactement. Alors on a écrit qu'on vendait des collants, *divers modèles, y compris grande taille*, et on a eu encore des clients.

— Jusqu'à ce qu'on reçoive la lettre disant que pour les entreprises il y a des espaces publicitaires payants blablabla. Ce n'est pas que ces encarts publicitaires soient trop chers, mais ce que veulent nos clients, c'est les sous-vêtements d'une femme, pas d'une entreprise.

— Bon allez, Piki. La demoiselle Rissanen, là. » Je donnais des bourrades à Piki, qui riait et me rendait les coups dans les côtes, si bien que j'ai failli lui tomber dessus à la renverse. Mon affectation gloussante a failli dégénérer : je voulais voir comment Bossa réagirait à nos câlins. Mais elle était plus inexpressive qu'une table rase. Son visage n'offrait pas le moindre signe à déchiffrer.

« Ouais, bon, bref, alors qu'on se demandait pourquoi nos messages n'étaient pas publiés, et qu'on parcourait toutes les autres annonces, on est tombées sur la catégorie “vêtements pour femmes” – y compris les chaussures –, où se trouvaient justement les petites annonces de Kirsti Rissanen. Elle vendait par exemple une veste en tricot à fleurs présentée comme belle, taille M. Prix demandé : 40 marks. Kirsti vendait pas mal d'affaires similaires, et chaque annonce se terminait par SEULEMENT POUR LES FEMMES.

— Du coup, on s'est demandé pourquoi donc sous le titre “vêtements pour femmes” elle se sentait obligée d'ajouter cette mention à ses annonces.

— Alors Piki a appelé Kirsti en se faisant passer pour une certaine Marie Poupette – le nom ne l'a même pas étonnée, l'autre – et en racontant qu'elle voulait vendre dans le *Marché jaune* divers habits superflus accumulés au grenier, et comme elle parcourait les petites annonces, ce SEULEMENT POUR LES FEMMES l'avait intriguée. Pourquoi aurait-on besoin d'une mention pareille, quand ce sont des vêtements pour femmes qui sont en vente ? »

Refaisant ladite Marie Poupette, Piki s'est mise à jouer son entretien avec Kirsti Rissanen, et elle imitait aussi son interlocutrice : contre toute attente, celle-ci n'était pas vieille du tout, ni de province, mais de Helsinki. Piki a posé sa voix un peu plus bas, sur le ton de la confidence, celle de Kirsti guidant Marie Poupette dans les arcanes de la vente de vêtements d'occasion :

« Figure-toi que si l'on n'ajoute pas cela à l'annonce, il n'y a que des hommes qui appellent ! Tu te rends compte ! Et ils demandent toujours de grandes tailles ; ensuite, même si tu n'avais mis en vente qu'un tricot, eh bien les voilà qui te demandent… des sous-vêtements ! »

Marie Poupette était scandalisée :

« Des sous-vêtements ? »

Et Piki de reprendre le ton de confidence de Kirsti Rissanen :

« Oui. Absolument. Et côté chaussures, pour rien au monde il ne faut publier de petite annonce sans cette mention SEULEMENT POUR LES FEMMES. Autrement, la situation devient ingérable. Le téléphone ne te laisse plus dormir… Ils sont fous furieux, ces types. Ils appellent toute la nuit ! »

À ce moment-là, je rigolais à me rouler par terre. Elle était géniale, Piki ! Bossa aussi, elle riait, mais avec modération – Bossa ne riait jamais franchement aux éclats –, et pendant que Piki parlait, c'était moi que Bossa regardait, je m'en suis rendu compte. Elle m'observait, mais sans la moindre expression.

« Vous parlez aussi bien l'une que l'autre, dit Bossa.

— Non, moi je sais pas raconter aussi bien que Piki, répondis-je.

— Je voulais dire que vous parlez comme d'une seule bouche. »

Puis Bossa s'est levée d'un bond en déclarant qu'elle devait partir.

« Mais tu viens d'arriver. Encore un pour la route ? a tenté Piki pour la retenir.

— Je suis fatiguée, vraiment. Je descends les poubelles ?

— Elles sont dans l'entrée, a répondu Piki.

— Amusez-vous bien. »

Bossa a ramassé les sacs-poubelles et elle est sortie. Je l'ai suivie du regard, puis j'ai tourné la tête vers Piki pour voir comment elle prenait ce brusque départ.

« C'est à cause de moi ? En fait elle aurait voulu discuter avec toi en tête-à-tête, c'est ça ?

— Non. Peut-être qu'elle est juste fatiguée.

— Mais pourquoi faire l'intéressante, avec les sacs-poubelles et tout ?

— C'est pas pour faire l'intéressante. Elle est comme ça.

— Vraiment ?

— Ouais.

— Alors elle est pas jalouse de moi ? »

Je repensais à la manière dont Bossa m'avait observée, arrêtant son regard sans expression sur mes ongles de pied vernis qui dépassaient du collant troué, et attentive chaque fois que Piki me donnait du feu.

« Non. Hé, Bossa et moi ça fait cinq ans qu'on est séparées, et elle file le parfait amour avec Saara. D'ailleurs, notre relation n'avait duré qu'un an. En fait, c'est moi qui ai dragué Saara pour elle, a ajouté Piki avec un sourire en coin. Elle est tellement désespérée, elle dit toujours qu'aucune femme ne peut s'intéresser à elle et qu'elle ne trouve rien à dire à personne.

— Mais elle a l'air tout à fait chouette, Bossa. »

Pourquoi Bossa me scrutait-elle ainsi ?

« Ouais, mais ce n'est pas si simple. Imagine un peu, je lui ai fait un pense-bête, sur papier, pour énumérer tout ce à quoi il faut penser avec les filles : change de vêtements ; ne va pas à une rencontre dans les vêtements de ta journée de travail ; pense à te brosser les dents ; empresse-toi de la servir, une fille doit toujours se faire servir ; n'oublie pas ce qu'elle boit ; n'apporte pas les mauvaises boissons, ne les lui renverse pas dessus ; prends soin d'elle en lui demandant si elle a froid ou chaud, faim ou soif ; le cas échéant, ou dans toute autre situation, résous le problème ; si tu n'as pas de solution, fais-lui part de tes regrets ; pense à lui ouvrir les portes ; pense à porter ses bagages, si elle en a plusieurs ; si elle a un sac à main, laisse-la le porter, mais charge-toi du reste, ou au moins d'une partie ; offrir ton aide, c'est le plus important ; prévois de quoi préparer un petit-déjeuner, au cas où la fille resterait pour la nuit ; fais-lui des compliments, des flatteries, des éloges ; écoute-la et pose-lui des questions pertinentes ; fais-lui encore des compliments, des flatteries, des éloges. J'ai dû l'obliger à apprendre cette litanie par cœur.

— Tu plaisantes.

— Non, c'est pas une blague.

— Ces choses-là, ça ne s'apprend pas par cœur.

— Elle a fait tellement de gaffes dans ses relations que j'ai dû lui donner cette liste à apprendre. Je l'ai même interrogée. »

Bossa m'avait paru un peu coincée, mais Piki avait l'air d'exagérer, là. Est-ce que c'était le cas ?

« Elle n'est pas jalouse de toi, en voyant que tu emballes les femmes en deux temps trois mouvements ? Que tu as toujours eu une copine, sans interruption, et tout de suite après la séparation ? Et que ses femmes, c'est toi qui les dragues pour elle… les rares fois où elle va quelque part.

— On a un bon deal. Je lui drague des femmes quand c'est nécessaire, et elle fait d'autres choses pour moi.

— Quelles choses ?

— Des choses qui se font entre amis. »

La fois suivante, j'ai revu Bossa quand elle est passée pendant qu'on réfléchissait au problème de nos acheteurs de chaussures. C'était un vendredi soir, et on fêtait le week-end autour d'un rhum. Bossa s'était assise à la table avec nous après avoir posé les sacs de provisions dans l'entrée. Ma nuque s'était raidie dès qu'elle était entrée, si bien que je ne pouvais presque plus tourner la tête : je devais donc faire pivoter tout mon corps lorsqu'elle prenait la parole. En effet, j'étais assise entre Piki et Bossa, dans une position telle que si je ne faisais pas face à celle qui parlait, j'aurais donné l'impression que je ne voulais pas l'écouter. Bossa m'observait de nouveau, discrètement, de façon presque imperceptible. Piki avait refusé de me donner des détails sur la nature des services que Bossa lui rendait, et il m'avait semblé que si j'avais posé ouvertement la question en présence de Bossa, Piki m'aurait mise à la porte.

« Comment va Susanna ? a-t-elle demandé tandis que Piki lui versait un rhum.

— Ça, c'est une question pour la responsable des chaussures à talons de Susanna, a répondu Piki en m'adressant un signe de tête.

— Eh bien, on a des commandes pour des escarpins à talons aiguilles, usés comme ils pouvaient l'être à l'époque où les femmes en portaient, c'est-à-dire vers les années cinquante-soixante. Moi-même je n'avais aucune idée de ce que le client voulait dire, mais il a expliqué que l'enrobage de cuir devait pendre en lambeaux comme du temps où les talons s'enfonçaient dans le sol et restaient coincés entre les pavés. Que si le cuir était complètement arraché par l'usure, ça ferait aussi l'affaire.

— Et j'ai eu le malheur de les lui promettre avant de consulter notre responsable des chaussures », m'a coupé Piki.

J'ai essayé de réfréner un haussement d'épaules. Piki se moquait-elle de moi devant Bossa ?

« Je t'ai dit que les talons d'aujourd'hui ne sont pas assez résistants pour qu'un usage intensif les mette dans cet état. Quand elle était jeune, ma mère a eu des escarpins comme ceux dont parlait le type, en tout cas ils avaient le métal du talon carrément dénudé par l'usure. Mais où je pourrais dénicher ça maintenant ? Les talons ne sont plus recouverts de vrai cuir, à part ceux des putain de chaussures de luxe, et c'est pas aux puces que je trouverai des stilettos. À bouts pointus, en plus !

— Il paraît que ces bouts pointus procurent une sensation très particulière de domination, a expliqué Piki à Bossa, qui hochait lentement la tête et me regardait droit entre les deux yeux.

— Des escarpins comme ça, on n'en trouvera nulle part ! Surtout qu'il faut du 41 minimum. Et si on finissait par mettre la main dessus, le prix que le mec serait prêt à payer ne couvrirait pas le temps et les efforts qu'on aurait mis à les rechercher. Des chaussures à talons, j'en trouverai dans n'importe quel marché aux puces, bien sûr, mais pas comme celles qu'il veut. "L'idéal, ce serait que l'enrobage de cuir ne soit pas pelé, mais tassé par l'usage autour de la partie supérieure du talon." C'est cela, oui… Bouge pas, je te les fais apparaître en claquant des doigts.

— Je comprends rien à ces histoires, a dit Piki. Et toi, Bossa ? »

Bossa a secoué la tête.

« Alors pourquoi tu les lui as promis ? me suis-je écriée d'une voix stridente qui me donnait la même sensation qu'un ongle raclant un tableau noir.

— T'aurais pas ça, toi, par hasard ? a demandé Piki à Bossa, moqueuse.

— Ben si, voyons, à la pelle. »

Piki et Bossa riaient. Sans doute pas à mes dépens, mais ça m'en donnait l'impression.

« Ouais vous pouvez vous marrer mais moi, mon job, c'est de trouver ces escarpins. Si je ne les trouve pas, on perd un client, et on n'aura fait que gaspiller du temps en âneries. Et ça ne se passera pas comme ça, parce que Susanna est une femme parfaite, qui ne connaît pas le mot *échec.* »

Je trouvais ma tirade rigolote, mais Bossa n'a pas bronché.

« Bah, mon trésor, on va trouver quelque chose. Ne t'inquiète pas. Bossa, tu as des idées ? a demandé Piki en tendant la main vers moi et en me caressant la nuque pour me calmer.

— Non, là je vais rentrer me coucher, a répondu Bossa.

— Viens dans un bar avec nous.

— Non.

— Rabat-joie ! »

Peut-être que j'étais la responsable des chaussures à talons de Susanna et que ça m'amusait bien. Au moins, je savais faire quelque chose dont Piki n'était pas capable au téléphone. Mais je n'appréciais pas d'être la responsable des chaussures à talons quand l'ex de Piki me jaugeait de l'autre côté de la table dans ses vêtements unisexes. Comme si je ne savais pas, d'ailleurs, que les femmes féminines n'ont pas la cote sur le marché goudou.

Après le départ de Bossa, j'ai demandé à Piki, malgré ses protestations :

« Quel genre de femmes elle aime, Bossa ?

— Comment ça ?

— Ben toi, est-ce que tu es son genre ?

— Oui, sans doute.

— Mais elle, c'est pas ton genre ?

— Ben non, pas du tout. Tu sais bien que j'ai un faible pour les rockeuses, les petites têtes rousses et les nanas féminines.

— Comment ça s'est terminé, entre vous ?

— C'est vraiment important ? Bon, depuis le début, Bossa était un peu une sœur, pour moi. Et on ne baise pas avec sa sœur.

— Alors tu es partie quand tu as trouvé une femme à baiser.

— Voilà.

— Bossa, elle ne voulait pas rompre.

— Non, mais la relation était finie. Et l'amitié a commencé. Autre chose ?

— Elle n'avait personne, quand votre relation s'est terminée, mais toi tu avais cette femme à baiser, là ? Elle a trouvé quelqu'un, ensuite, Bossa ?

— Mais je t'ai déjà dit qu'elle est incapable d'aborder les femmes. Je lui en ai dragué une, au moment voulu. »

Le type aux chaussures a téléphoné à cet instant, et Piki s'est occupée de lui. J'ai resservi du rhum. Je suis allée inspecter l'état de mon visage dans la salle de bains, et j'ai pu voir dans la glace que j'étais mignonne… selon les critères de Piki. J'étais on ne peut plus féminine. Tant pis si Bossa riait sous cape de mes ongles de pied vernis.

« Je n'ai pas encore déniché ces escarpins, mais pas de souci, ça vaut bien la peine d'attendre, pas vrai ? riait Piki au téléphone avec des minauderies complices. Y a-t-il autre chose qui vous ferait plaisir ? Des photos ? Des photos où je lèche des chaussures ? »

Je suis retournée près d'elle pour suivre le cours de la conversation. Elle tournait de temps en temps le combiné vers moi, pour que je puisse entendre les explications du type aux chaussures :

« Euh non le léchage c'est pas vraiment mon truc. Ce qui est merveilleux, c'est de regarder les pieds, ne serait-ce que dans la rue, avec toute la diversité des chaussures qu'on peut y voir. Les miennes aussi, j'adore les regarder. À vrai dire, ce serait super si tu pouvais me prendre en photo avec les chaussures aux pieds. Qu'est-ce que t'en dis, Susanna ? Des photos vachement bien ! Parce que tout seul, j'ai un peu de mal à les prendre. Ça donnerait de nouveaux angles de vue.

— Euh, je ne fais pas de rencontres *live*, l'a coupé Piki.

— Pas de souci, on peut se rencontrer n'importe où. Et je serai tout habillé, bien sûr ! » L'homme a ri de bon cœur, content de sa plaisanterie, et il a raconté qu'il avait déjà monté le décor pour les photos, notamment toutes les chaussures avec lesquelles il voulait se faire photographier. Trois paires de boots : une en peau de serpent, une marron à bouts ronds, et une curiosité aux talons extrêmement inclinés, d'origine. Quel dommage que les boots du commerce n'aient plus de talons en acier ! Deux paires de golf. Deux à crampons : les uns interchangeables, les autres joliment émoussés. Ses escarpins à talons hauts, il en était particulièrement fier. Enfin, non pas des chaussures elles-mêmes, mais du fait que lui, tout homme qu'il était, savait les porter avec tant d'aisance ! Des talons argentés sur des escarpins noirs, quelle merveille ! Il en avait des trémolos dans la voix. Et les rouges, elles valent leur pesant d'or !

Je regardais Piki tout en me demandant comment elle allait s'en sortir. Et plus je me concentrais sur le client, moins je pensais à Bossa. Il était manifestement exalté d'avoir une auditrice à qui parler de ses chaussures et de rien d'autre ; il voulait qu'on prenne toute une bobine de photos avec chaque paire.

« Et si on faisait comme ça ? On se voit une fois pour photographier juste un modèle. Ensuite tu reviendrais par exemple la semaine suivante. Alors tu les as trouvées, ces chaussures à talons ? Susa ? »

Le type aux chaussures est devenu un client fidèle, bien que je ne lui aie pas trouvé les escarpins qu'il avait commandés, et malgré sa séance photo qu'on avait refusé de réaliser. J'ai promis toutefois de garder l'œil ouvert au cas où je tomberais sur les fameuses chaussures. Sa commande restait valide jusqu'à nouvel ordre. Apparemment, parler de son projet de photos le satisfaisait autant que de l'exécuter – peut-être même davantage, parce que chaque communication était une occasion de passer en revue tout son attirail.

« Tu sais quoi ? Après, Susanna pourrait prendre des photos où elle les maltraite.

— Où je maltraite quoi ? Les chaussures ?

— Oui, tu les coinceras dans une porte ! Ou tu les mouilleras ! Tu pourrais même leur pisser dessus ! Si elles font la forte tête, ces chaussures, il faudra les maîtriser. Des fois, c'est vraiment sympa, ce genre de sévices... Bien sûr je ne malmènerais pas celles que je porte en public, celles-là doivent être en parfait état, parce que j'aime bien qu'on me regarde les pieds. Mais ici, j'ai dans l'armoire des chaussures qui ne demandent qu'à se faire un peu remodeler... Tiens, et si je les envoyais à Susanna pour les dresser ? Ça, ce serait des photos vraiment sympas. »

Après ces conversations, Piki et moi, on s'esclaffait longuement dans les bras l'une de l'autre. On aurait donc dû prendre des photos où je martyrisais des chaussures. Le type en parlait pour la centième fois, alors que Piki avait refusé toute rencontre dès la première conversation.

Un jour, j'ai demandé à Piki :

« Ça a l'air d'être un mec inoffensif. Tu veux que j'aille sur place ? Ça rapporterait un peu plus d'argent.

— Jamais de la vie.

— Pourquoi ?

— On s'est mises d'accord qu'on ne fait pas de boulots *live*.

— On peut sans doute faire des exceptions. Tu pourrais rester dans les parages, par sécurité.

— Et elle est où la sécurité, putain, si je ne suis pas sur place ?

— Dans les parages. Je peux laisser le téléphone allumé, je sais pas.

— Et après ? Pas d'accord. T'iras pas toute seule. Et on rencontrera pas un seul client en *live*.

— Je n'irai pas, mais à une condition : que tu me voies au moins une fois quand tu es sobre.

— Tiens, voilà autre chose.

— Passe-moi le téléphone, que je prenne le numéro du type aux chaussures pour m'entendre avec lui, si ça ne te convient pas.

— Tu peux rêver.

— Un seul jour sobre, c'est pas trop demander !

— Mais je ne bois que deux-trois fois par semaine ! »

J'avais lancé ma proposition à moitié par plaisanterie. Je ne voulais pas entendre que j'avais raison. Mais c'était vrai.

« En somme, tu veux toujours boire quand tu me vois, et jamais aux autres moments. Autrement dit, c'est à cause de moi !

— Où tu veux en venir, là ?

— Tu ne supportes pas de me voir sans boire. »

Quelle humiliation.

« Alors merde, si c'est comme ça on se verra plus. »

J'avais raison.

Je n'étais pas valable.

Je ne pouvais quand même pas être moche ou conne au point d'être insupportable à rencontrer l'esprit clair ! Ou bien si ? *Why can't she stay sober ?* Cette réplique m'est venue tout à coup à l'esprit, mais j'étais incapable de la rattacher à quoi que ce soit. J'aurais dû rester calme, à ce moment-là, me concentrer par exemple pour me rappeler de quel film venait cette phrase, mais je ne pouvais pas. Je devais insister. Obtenir une réponse.

« Où est le problème ? Quelque chose ne va pas ? Je suis là, et l'argent coule à flots.

— Tu es obligée de boire tout le temps ? »

Là. J'avais réussi à poser la question à laquelle j'attendais une réponse depuis longtemps. Cette question que je n'avais pas encore eu l'audace de poser, ni même de formuler clairement dans ma tête.

J'avais réussi à garder la voix posée. J'ai caché mes mains tremblantes dans les plis de ma jupe. Piki allait-elle me vanner ? Je ne regardais pas vers elle. Je me concentrais sur le cendrier. Après un instant de silence, elle a ri, comme un grincement de scie, mais elle a continué calmement :

« Est-ce que je suis désagréable, quand je bois ?

— Non.

— Est-ce que je crie, est-ce que je deviens bizarre ou agressive, est-ce que je vomis ou titube ?

— Non !

— Alors de quoi tu te plains ?

— Mais euh de rien.

— Viens ici. »

Sa voix était douce comme une patte de chat.

Je suis allée près d'elle. Un baiser et un long câlin. Comme si tout allait bien. Et mon nez sur son cou avait envie de le croire et de prétendre qu'elle avait raison. Si Piki consommait la plupart des antidépresseurs de Finlande avec sa dépression, j'étais mal placée pour lui faire des reproches. Voilà. Mais quand même. Quelque chose clochait. J'aurais dû rester tranquille, mais je n'y arrivais pas.

« Ma chérie ?

— Oui ?

— On n'aurait pas les moyens d'aller quelque part ?

— Mais si, on va aller dans un bar.

— Ouais mais quelque part en voyage. Un vrai voyage, quoi.

— Bien sûr, tu peux aller où tu veux.

— Je veux partir avec toi.

— Mais qui s'occupera des clients ? S'ils n'arrivent pas à joindre Susanna, ils iront solliciter les services de quelqu'un d'autre. On peut t'envoyer en voyage, où tu veux ; quand tu reviendras, il y aura un paquet d'argent qui t'attendra ici.

— Non, tant pis. »

Le lendemain matin était un samedi. En regardant par la fenêtre, j'ai vu la neige.

« Allons-y !

— Où ?

— Ben tu voulais te promener avec moi dans la neige fraîche.

— Mon trésor…

— Oui ?

— J'ai la gueule de bois. »

Et le dimanche, on n'a pas pu aller prendre un milk-shake, parce que la gueule de bois persistait.

Le lundi, il y avait beaucoup de clients à gérer.

Le mardi, il faisait si froid que ça ne valait pas le coup d'aller se promener. Et encore moins de prendre un milk-shake glacé.

Le mercredi, Piki avait mal à la tête et ne pouvait pas s'occuper des clients.

Le jeudi, il fallait rattraper le retard.

Le vendredi, c'était vendredi.

Le samedi, la gueule de bois.

On n'avait jamais eu le temps, de tout l'été et l'automne, d'accomplir le rêve d'aller de nuit aux îles de Suomenlinna. Ni à celle de Korkeasaari. Ou à Linnanmäki. On reportait, jusqu'à ce que ça ferme. Il y avait toujours quelque chose. Nos affaires nous accaparaient depuis le début. Elles avaient envahi notre vie si vite après notre rencontre qu'il ne nous était plus resté de temps pour autre chose. Voilà comment Piki l'expliquait. Pourquoi on n'avait pas eu le temps d'aller à Linnanmäki ou à Korkeasaari, ou ailleurs. Et s'occuper des coups de fil, ça exigeait de rester à proximité du téléphone en permanence.

« Ouais, on peut faire quelque chose, mais combien de clients on va perdre, pendant ce temps ? Est-ce qu'on a les moyens de les perdre ?

— Euh, non…

— Toi aussi ça te dirait qu'on aille dans un bar demain ?

— Ouais.

— Et la nouvelle robe dont tu parlais ?

— Ouais.

— Bon alors on se met au travail ou quoi ?

— Allons-y. »

Et puis, un jour, je me suis rendu compte que je ne parlais plus de barbes à papa, de Linnanmäki, de Korkeasaari ou de Suomenlinna. Ni de promenades dans la neige fraîche. À la fermeture de Linnanmäki, Piki a dit : « L'été prochain, alors. » Et j'ai failli répondre : « L'été prochain, alors. » Mais je ne l'ai pas dit. Je n'ai rien dit.

Linnanmäki, c'est à moins de cinq cents mètres de l'appartement de Piki. L'été prochain, c'est dans un an.

« Ton vélo, là, au grenier…

— Oui ?

— Ça te plaît de le conduire ?

— Euh, oui, j'aimais bien.

— Avec qui tu t'en sers ?

— Je ne m'en sers plus, maintenant. Mais avant, j'allais travailler avec. Et des fois on se promenait, Marianne et moi.

— Et Marianne et toi, vous vous promeniez aussi avec la voiture ?

— Je ne l'ai plus, la voiture. Mais c'était chouette de s'en servir, oui.

— Marianne et toi ?

— Euh. Quoi donc ?

— Rien. C'est juste que ça m'intéresse, tout ce que tu faisais avec elle. Et tout ce que tu aimes bien faire.

— Marianne et moi, on s'est séparées il y a dix ans. Qu'est-ce que ça peut faire, ce que j'ai fait avec elle ?

— Et cette fille, là, après Marianne…

— Netta ?

— Qu'est-ce que tu faisais, avec elle ?

— Ben ce que font les gens, quoi.

— Faire les courses, conduire la voiture, prendre le bus…

— Exactement. Des choses comme ça.

— Et Bossa ?

— Quoi, Bossa ?

— Qu'est-ce que tu faisais, avec elle ?

— Mais qu'est-ce que tu as ?! »

Les chats se portaient bien ; si j'avais bonne mémoire, ils avaient vu le vétérinaire la semaine précédente. Piki était donc allée avec ses chats à la clinique et à l'animalerie.

Elle s'était fait attraper une fois pour falsification de ticket de bus. Elle avait donc pris le bus.

C'était quoi mon problème, pour qu'elle ne sorte pas à vélo avec moi, ni en bus, ni à l'animalerie ?

Avec toutes les autres, elle pouvait tout faire. Le nouveau chinois vu dans la pub à la télé, elle avait dit qu'il était bon : elle avait donc mangé là-bas avec quelqu'un d'autre, car moi je n'y avais jamais mis les pieds. Et à la manière dont elle racontait les drôles d'aventures qui étaient arrivées à ses potes en ville, il était évident qu'elle y avait pris part.

J'en ai conclu qu'elle avait fait toutes sortes de choses chouettes avec ses amis et ses ex, mais qu'avec moi elle ne faisait rien d'autre qu'aller dans les bars et gérer nos affaires.

Je pouvais encore tolérer qu'on n'échafaude pas de projets, mais pas qu'elle ne me voie jamais en étant sobre.

« Si des fois tu t'en tenais à un shot. Ou une bière. Mais pourquoi faut-il que tu boives trop ? »

Piki enfilait toujours une douzaine de bières et une demi-bouteille de whiskey.

« Je t'ai demandé si je te dérange quand je suis soûle, et tu m'as répondu que non.

— Oui.

— Alors putain c'est quoi ton problème ? »

Au café du matin, Piki buvait un rhum-cola et de la bière ; moi, je prenais du café.

Quand je préparais à manger et que je servais Piki en lui disant que c'était encore chaud, elle répondait qu'elle ne mangeait pas en même temps qu'elle buvait. Soit, moi non plus. Mais je ne l'ai pas vue une seule fois manger quoi que ce soit que j'avais préparé, puisqu'elle buvait toujours quand j'étais là. Elle aurait pu au moins faire semblant de goûter, mais non. Je ne capitulais pas, j'apportais inlassablement mes saumons en croûte et des lasagnes, mais le résultat était toujours le même. Et ma déception toujours aussi forte.

« T'as entendu ce que je t'ai demandé ?

— Oui.

— Alors ?

— Mais tu bois tellement… que c'est… »

J'ai laissé ma phrase en suspens. J'étais incapable d'aller plus loin. De dire que c'était effrayant qu'elle boive autant. Et que ça faisait passer ma chair pour un fruit gâté auquel on ne saurait toucher l'esprit clair, mais qu'on peut consommer en état d'ébriété parce que, à ce moment-là, peu importe le goût qu'il a en bouche. Et mon odeur, si mauvaise qu'on ne saurait la tolérer qu'une fois atténuée par l'alcool pour la rendre supportable. Et moi, si moche à voir que ma chérie ne saurait me regarder qu'en noyant ma laideur dans l'alcool.

J'aurais voulu prendre une douche, mais je ne pouvais pas : le lendemain, j'étais censée porter un string, un soutien-gorge et un collant, et il fallait donc que je rentre chez moi – je ne portais jamais mes vêtements de travail chez Piki. Dans l'entrée, j'ai remarqué que Bossa avait laissé les provisions à côté de la porte quand elle était passée la veille au soir apporter à Piki un film qu'elle lui avait enregistré.

« Bossa a oublié ses sacs de courses. Je les lui apporte, tant que j'y suis ?

— Pas besoin.

— Mais elle habite à deux pas, non ?

— Pas besoin ! Je viens de te le dire ! »

J'avais de moins en moins d'enthousiasme à venir chez Piki. J'attendais qu'elle prenne l'initiative. J'ai complètement arrêté de proposer, pour m'assurer qu'elle voulait me voir. J'insistais, je vérifiais par des messages et des coups de fil, même si on s'était déjà mises d'accord. Je ne la croyais pas, je lui faisais des remarques et je sondais ses intonations jusqu'à ce qu'elle perde ses nerfs. Une dispute. Ne m'engueule pas. Des pleurs. Persuasion. Réconciliation. Avec ses mots doux et ses promesses. Mais l'embellie ne durait qu'un instant et le même scénario se répétait, avec les mots caressants de Piki.

« Viens ici.

— Non. »

Elle a soupiré.

« Allez, viens.

— Tu ne veux pas.

— Mais je ne t'appellerais pas, si je ne voulais pas.

— Tu supportes pas… »

Je n'ai pas fini ma phrase. Je ne voulais plus ressasser cette histoire. J'ai seulement dit :

« Je ne te crois pas. »

Quelque chose allait de travers. Quelque chose dont Piki ne me parlait pas. Et c'était en rapport avec Bossa. Bossa faisait des choses qui n'avaient pas à voir avec Piki et moi, des choses personnelles.

Il survenait tout le temps des incidents que je ne comprenais pas. Comme le jour où Bossa est entrée pendant que je me prélassais sans vêtements sur le canapé de Piki – qui était en fait le canapé de son oncle, donc pas n'importe quel canapé. Je ne savais pas que Bossa devait venir : Piki ne m'avait rien dit. Elle se brossait les dents à la salle de bains quand des clefs ont tourné dans la serrure ; puis Bossa a ouvert la porte du sas, et la voici à l'intérieur, chez Piki, elle a avancé en disant qu'elle était pressée, qu'elle devait repartir tout de suite, et elle a posé par terre un gros sac rouge, ainsi qu'un sac en plastique qui ressemblait à des provisions. Elle est ressortie avant que Piki sorte de la salle de bains. Je n'ai pas eu le temps d'adresser la parole à Bossa, je n'aurais pas su quoi dire. Je l'ai seulement fixée des yeux.

Quand Piki est revenue dans la pièce, je lui ai dit que Bossa était passée.

« Ah bon. »

Je l'ai regardée. Cela n'avait donc rien d'extraordinaire ?

« Tu ne m'avais pas dit qu'elle allait passer.

— Ah non ? Oui, elle avait prévenu.

— Pourquoi tu ne m'as rien dit ? J'aurais pu au moins enfiler quelque chose. Elle vient toujours de cette façon, sans frapper, sans sonner, comme ça ?

— Elle prévient toujours, Bossa.

— Et pourquoi moi on me prévient pas ?

— Tu n'écoutais pas, sûrement. »

Elle a défait les sacs de courses comme si rien de bizarre ne s'était passé, empilant les bouteilles de bière dans le frigo, où elle a mis aussi le lait, avant de ranger le pain dans l'armoire, et enfin le sac en plastique dans le sac à sacs. Les chats étaient fous du plastique : si un sac leur tombait sous la patte, le bruit n'en finissait plus, jusqu'à ce que le plastique se retrouve dans leur gosier. Après quoi ils vomissaient toute la journée. Toutes les affaires, d'ailleurs, devaient être rangées, car les chats ne manquaient pas de faire tomber les nouveaux objets et ceux qui n'étaient pas à leurs places habituelles.

« Elle a les clefs d'ici, Bossa ?

— Oui.

— Pourquoi elle a tes clefs ?

— Je les lui ai données, à l'époque.

— Quand vous étiez ensemble ?

— Oui.

— Et tu n'as pas osé les lui redemander ?

— Ça vaut mieux, qu'il y ait un double des clefs chez une connaissance qui habite dans le quartier.

— Elle habite où, dans le quartier, précisément ?

— Rue de la Terrasse, en bas.

— Autrement dit : on traverse la place et la rue, et elle habite là ?

— Oui.

— On peut dire que tu as bien choisi ta petite amie, près de chez toi, c'est pratique.

— Oui, j'ai eu de la veine.

— Elle pourrait quand même frapper, tu sais ? Même s'il n'y a pas de sonnette à la porte... D'ailleurs, pourquoi y en a pas ?

— Elle tombait tout le temps par terre, vu qu'il faut claquer la porte pour la fermer, du coup elle traînait dans le couloir, j'en ai eu marre, et maintenant elle est dans un carton.

— Elle pourrait tout de même frapper, Bossa.

— On entend pas frapper, avec la porte du sas. De toute façon, je suis au courant, moi, quand elle va passer. »

Elle a posé le sac rouge devant la porte de l'armoire.

« Dans le sac rouge, il n'y a pas de nourriture ?

— Non.

— Il y a quoi ?

— Ça te regarde ? »

Le sac rouge. Bossa apportait souvent ce sac rouge chez Piki, et elle repartait souvent en emportant ce même sac. Un vendredi soir, Piki ne trouvait rien de propre à enfiler ; pour une fois, elle n'était pas prête quand je suis arrivée ; c'est alors qu'elle a ouvert ce sac rouge et que j'ai vu ce qu'il contenait. Des habits à elle. Des habits propres. Sa lessive.

« Pourquoi Bossa elle fait des allées et venues avec ton linge ?

— Ma machine est tombée en panne.

— Quand ?

— Ça fait plusieurs années.

— Et dans l'immeuble, il n'y a pas une laverie collective ?

— Si.

— Pourquoi tu t'en sers pas ?

— Il faut demander la clef au gardien.

— Et alors ?

— Il faut laisser une caution.

— Une grosse ?

— Ouais. Cent marks.

— Alors c'est Bossa qui lave ton linge ?

— Ouais, chez elle y a une bonne laverie.

— Ben je pourrais utiliser ta laverie, si je paye la caution ? Il n'y en a pas, dans mon immeuble.

— Tu peux très bien te servir de la laverie de Bossa, tu n'as qu'à y aller en même temps qu'elle, là-bas il y a deux machines... Tu es encore pleine de poils de chat. Prends la brosse à vêtements, là. Tu pourrais apporter des affaires de rechange ici, des vêtements d'intérieur, comme ça tu n'aurais pas tous ces poils sur toi, le nez qui coule, les yeux gonflés, et les antihistaminiques à prendre même quand tu n'es pas ici. Tiens, on pourrait te vider une étagère dans l'armoire ; et puis tu mettras ton linge de temps en temps à laver avec le mien pour Bossa. »

Oui, j'étais allergique aux chats, pas beaucoup, mais quand même, et pourtant c'était toujours moi qui allais chez Piki, elle ne venait jamais chez moi.

Elle ne pouvait pas dormir à côté de moi, dans mon lit. Les rares fois où elle venait, s'il lui arrivait de s'assoupir entre deux bouteilles de bière, elle ne sombrait jamais dans un sommeil profond. Elle ne tardait pas à se réveiller, et elle se faufilait chez elle avant que la faune matinale remplisse les rues, au moment où le journal était déjà arrivé mais où l'arôme du café ne se répandait pas encore sur le palier, ni la radio des voisins. Elle partait toujours à ce moment-là. Et elle ne venait jamais me rendre visite le soir, pour commencer ou passer la soirée. Les seules fois où je l'avais chez moi, c'étaient les heures qui suivaient nos sorties dans les bars, et j'étais censée m'en contenter.

Mais mon appartement est à mon image. Comment pouvait-elle m'aimer sans s'y plaire ?

Il faut dire que Piki m'a raconté, un mois environ après notre première rencontre, qu'elle avait autre chose, en plus de la dépression. Je le savais déjà par des connaissances communes, mais elle pensait que je ne m'en doutais pas. Qu'elle avait quelque chose.

J'avais beaucoup d'amis qui présentaient toutes sortes de syndromes spécifiques ou non spécifiés, lesquels provoquaient des situations bizarres. Il y avait des troubles anxieux non spécifiés et des troubles anxieux spécifiques, ainsi que des névroses et une flopée de phobie, paranoïa, hypocondrie, constriction pharyngée, cleptomanie, hyperactivité et manie. Je m'étais habituée à ne pas sortir en ville avec eux sinon dans l'atmosphère protégée des bars, pas dans les magasins, pas dans les cabines d'essayage, encore moins pendant les « Jours fous » chez Stockmann ; tant pis, c'était comme ça, j'avais d'autres connaissances avec lesquelles faire ces choses-là. S'asseoir dans un café autour d'un *latte* qui ne soit pas allongé de rhum. Je m'étais habituée, quand j'étais en ville avec des amis, à ce qu'ils disparaissent dès que je tournais le dos, ou que je faisais un saut dans une cabine ou dans un autre rayon. Au bar aussi, je savais que je risquais de trouver ma table vide à mon retour du comptoir. Dans la file à la station de taxis, je pouvais découvrir soudain que j'étais toute seule. N'importe lequel pouvait avoir une crise et se volatiliser, ce sont des choses qui arrivent. J'ai dit à Piki que j'étais habituée. Beaucoup avaient un vélo parce qu'ils ne pouvaient pas emprunter les transports en commun ; pour d'autres, prendre le train était inconcevable, le tramway possible les bons jours, le métro à la rigueur, l'avion jamais de la vie. L'une n'avait pas mis un pied dehors depuis des semaines et sa copine s'occupait de toutes les commissions, d'autres n'allaient travailler que grâce aux calmants, ou ne pouvaient se rendre chez leur thérapeute qu'en taxi. Surtout, je m'étais habituée à ne pas poser trop de questions, quel que soit le comportement des gens.

Mais Piki ne se comportait jamais comme les autres.

Elle ne me laissait jamais seule dans la file d'attente du taxi ou du restaurant. Elle ne s'énervait jamais et n'avait pas peur des gens. Elle était toujours calme, et moi, avec elle, j'avais l'impression de me promener dans une décapotable blanche, après que le chauffeur m'avait ouvert la portière, et de me laisser aller, le vent d'été caressant mon visage sur les boulevards parisiens.

Bien sûr, je comprenais que la dépression de Piki était différente de la mienne, mais ce n'était pas suffisant. Ma dépression n'avait pas de cause claire ni d'événement déclencheur ; la sienne provenait de quelque chose… peut-être… enfin, qu'est-ce que j'en savais ? Le fait que mes symptômes n'aient pas de cause concrète ne me posait pas particulièrement de problèmes ni d'embarras. Peut-être parce que je les acceptais comme une part de mon caractère, une part de moi. Mais les symptômes de Piki, je voulais qu'ils aient des causes, je voulais des indications concrètes et des soins concrets, des actions concrètes à mettre à exécution. J'avais besoin de quelque chose à quoi me raccrocher. Peut-être que les sentiments d'ignorance, d'impuissance et d'angoisse que je nourrissais vis-à-vis de sa maladie contribuaient à atténuer et alléger ma propre dépression. Mon inquiétude pour Piki s'y substituait. Dans ma dépression, l'angoisse n'intervenait pas, c'était seulement… un puits – je ne faisais pas d'efforts particulièrement actifs pour m'en extraire, d'ailleurs, par manque d'énergie. Et je l'avais baptisée Mme Dupuits, parce que les choses qui ont un nom sont plus faciles à appréhender.

Quand on s'est rencontrées, je savais bien ce que disait le dossier médical de Piki, mais rien dans sa vie ou ses paroles n'indiquait de dépression. Elle mentionnait la chose en passant. De la même façon qu'elle aurait fait remarquer les premières feuilles jaunes sur l'érable de la cour. Je pensais donc que son chômage ne s'expliquait que par une petite anxiété. Je n'avais jamais imaginé que notre business était l'unique activité dont elle était capable.

Et il y avait autre chose, que la vie de Piki indiquait encore moins. Cette autre chose, dans la classification des maladies, porte le code F41.0 : *trouble panique*. J'avais lu cela dès le début dans ses papiers ; mais les troubles paniques avaient beau être monnaie courante dans mon entourage, je ne comprenais pas ce que cela signifiait dans la pratique. Ni ce que ça peut être de vivre avec.

J'essayais désespérément de l'aider, même si cela ne faisait qu'aggraver les choses. Je la questionnais. Ce faisant, j'ai réussi une fois à pousser la conversation jusqu'à la question cruciale – Piki ne refusait pas d'en parler, mais ce n'était jamais elle qui abordait le sujet –, et je lui ai demandé quand elle avait eu sa première crise d'angoisse. Celle après laquelle elle n'était plus allée faire les courses. Les livres médicaux disent que ces choses-là ne s'oublient jamais.

« Il n'y en a pas eu.

— Comment ça, pas eu ?

— C'était tout le temps latent. Mais ce n'est jamais arrivé. C'est tout le temps latent. Mais ça n'arrive jamais.

— Les sensations dans la poitrine ?

— Non.

— Les bouffées chaudes et froides ? La peur de la mort ?

— Non.

— Dépersonnalisation, vertiges, palpitations, tremblements, hyperventilation ? Quelque chose ?

— Ça n'arrive jamais ! Tu vas me croire, à la fin ?
— Ne crie pas.
— Bon, de l'hyperventilation, des fois. Mais ça n'arrive pas, ça n'arrive pas, c'est tout. »

À cela, je ne trouvais rien à répondre.

Plus qu'une île, Korkeasaari était une haute montagne. Elle s'évanouissait dans une brume de plus en plus épaisse. Comme Avalon.

La vie de Piki a un goût de cailloux et de graviers pour rien du tout, c'est pour rien que sa lumière a la couleur du cachot. Tout ça pour rien. Piki n'est pas faite pour ce monde.

Puisque Piki ne voulait pas m'aider, j'essayais de comprendre. Cela avait commencé à « être latent » quand elle avait seize ans. Elle s'était fourvoyée dans une école de commerce. Elle avait fait une pancréatite et s'était retrouvée à l'hôpital. Dans beaucoup de cas, la première crise est précédée d'un stress important, qui peut être d'origine psychologique ou résulter de facteurs extérieurs. Ou bien d'une grave maladie physique. Par exemple, une pancréatite. Le cerveau de Piki était peut-être resté en état d'alerte, en quelque sorte. Ce serait possible. C'est aussi à cette époque qu'elle avait eu sa première copine.

Avant sa première hospitalisation, Piki travaillait depuis un certain temps à Korkeasaari, et elle s'y plaisait. Le cadre était sympa. Beaucoup d'animaux. Peu de gens.

Mais Piki, elle était heureuse, avec sa copine. Il n'y avait rien d'angoissant. La copine était merveilleuse, leur relation était merveilleuse, tout était merveilleux.

Alors pourquoi ?

Pourquoi à ce moment-là ?

« Bon et alors la dernière fois que tu es allée dans un magasin ?

— Ça fait dix ans. Et je m'en souviens très bien. »

J'ai cru que j'allais apprendre quelque chose de décisif.

« D'abord je suis allée rendre des films ; en revenant du vidéoclub, j'ai croisé une femme avec des cheveux foncés, courts, et une veste brune en daim ; elle portait un panier de chat, exactement comme celui de mon ex de l'époque. Marianne, donc. On venait de se séparer. Et comme ce panier était pareil et qu'elle me mitraillait du regard, j'étais absolument sûre que c'était la nouvelle copine de Marianne. J'ai continué mon chemin jusqu'au magasin, et quand j'ai posé la main sur la poignée… ça s'est produit. Je n'ai pas pu dépasser le sas d'entrée. Je me suis retournée, j'ai couru chez moi, et après cela, je ne suis plus allée au magasin.

— Et cette crise ?

— Elle n'est pas venue. Je ne l'ai pas laissée venir, je suis partie en courant. »

J'avais entendu dire que quelqu'un faisait les courses pour Piki. Ça ne m'avait pas étonnée. C'est courant, chez les dépressifs. On n'a pas toujours la force. Et peu importe. Mais je ne savais pas qui. Ni à quelle fréquence. J'ignorais que c'était systématique. Et invariablement Bossa. En plus, au cours de notre premier mois, Piki avait improvisé un *after* chez elle, ce qui impliquait qu'il fallait ressortir chercher des bières à l'aube ; elle avait chaussé ses lunettes de soleil et elle était descendue avec une copine à l'épicerie du coin. Je pensais que c'était normal. Que ce sont des choses qui arrivent. Parce que les papiers que Piki m'avait fait lire disaient que la patiente pouvait se rendre dans les commerces de proximité. Je savais que les supermarchés et les files d'attente étaient contre-indiqués, mais je pensais qu'elle pouvait aller dans ces supérettes. Qu'elle y allait. J'en avais même été témoin. Par conséquent, je ne me rendais pas compte de l'exploit qu'avait représenté pour elle ce simple réapprovisionnement en bière.

Quand j'ai compris que Bossa descendait aussi les poubelles, j'ai essayé de participer à ses corvées. Mais je ne savais pas faire. Sur le pas de la porte, j'ai dit à Piki que je pouvais descendre les sacs en partant. J'essayais de prendre un ton insouciant.

« Pas besoin.

— De toute façon, je passe devant les conteneurs.

— Pas besoin ! T'es sourde ?

— C'est Bossa qui les descendra ? »

Silence.

« Ouais. »

Long silence.

« Bon alors je pourrais apporter les journaux ?

— Pas besoin. Bossa s'en occupera. »

Pourquoi ? Si seulement elle avait bien voulu me le dire. M'expliquer ce qu'il y avait de si angoissant dans ce trajet de quelques mètres jusqu'aux conteneurs. Les voisins ? Personne ne circule, la nuit.

« Ce soir j'irai faire des courses, je peux en faire pour toi tant que j'y suis, qu'est-ce que je te prends ?

— Rien. Bossa va y aller.

— Pourquoi pas moi, alors que j'habite aussi près et que je dois passer au magasin ? »

Sois gentille. Laisse-moi faire. Ma chérie, mon trésor, laisse-moi faire.

« T'as assez d'argent ? »

J'ai souri.

« Je sais pas. Ça dépend de ce qu'il faut prendre.

— Au moins douze Lapin Kulta, deux bouteilles de limonade, deux litres de lait, deux litres de babeurre, de la litière…

— Je n'aurai pas assez de force pour porter tout ça.

— Ben Bossa, si.

— Pourquoi tu ne me laisses jamais faire les courses, pourquoi il faut toujours que ce soit elle ?

— Je ne veux pas embêter tout le monde avec ces histoires. C'est bien suffisant, que Bossa s'en charge.

— Ça m'embête pas. Moi je vais y aller, de toute façon.

— Tu viens de dire que tu ne pourrais pas tout porter.

— Tu parles, mais si ! Bien sûr que je peux ! Donne-moi juste assez d'argent.

— Je n'ai pas ma carte de retrait. C'est Bossa qui l'a. Après tout, elle s'en sert plus que moi. »

Piki aurait pu bénéficier automatiquement d'une pension d'invalidité, mais elle n'en voulait pas. Elle était en congé maladie depuis de nombreuses années. Mais accepter une pension, à son sens, reviendrait à capituler. Moi, le fait que Piki voie la chose ainsi me redonnait de l'espoir. La confiance pour ne pas douter. La confiance que les choses allaient changer. Qu'on se promènerait ensemble dans la neige fraîche. Elle avait déjà fait le tour de tous les médicaments, et les thérapies homologuées par la sécu étaient de l'histoire ancienne, mais il devait bien rester des solutions. Obligé !

L'hypnose, Piki ne voulait pas essayer, et de toute façon elle n'avait pas les moyens, ce n'était pas couvert par la sécu. L'acupuncture n'était remboursée que pour les patients envoyés par un centre de désintoxication. L'autosuggestion... Trêve de plaisanterie. Je ne pouvais pas prendre cela au sérieux maintenant que j'avais exploré toute la littérature qui touchait à la santé mentale et trouvé des ouvrages qui rappelaient plutôt les bouquins populaires à la « Comment retrouver la joie de vivre » : « Rappelle-toi que l'angoisse ne dure pas toute la vie ! » « Ne prends pas la vie trop au sérieux ! » « Trouve-toi un hobby ! »

Mais moi, j'y croyais encore, parce que Piki n'avait pas baissé les bras. Elle me le disait elle-même.

J'avais la conviction que si un jour elle passait la tête par la porte de son appartement, un autre jour elle atteindrait celle de l'immeuble.

La fois d'après, elle irait dans la cour.

Et puis elle ferait le tour du pâté de maisons.

Et ainsi de suite.

Mais elle disait que ça ne servirait à rien.

Et elle changeait de sujet.

Je fondais en larmes.

Elle se fâchait.

J'étais inquiète en permanence, parce que je ne comprenais pas, parce que je n'avais pas d'explications. Parce que je ne savais pas quoi faire, et que je me refusais à croire qu'il n'y avait rien à faire. Et plus je m'inquiétais, plus ma joie et mon bonheur dépendaient de l'état de Piki, du fait que j'avais une bonne nouvelle ou une histoire à lui raconter, de quoi la faire sourire. Quand j'allais en ville, je lui rapportais toujours des petits cadeaux ; si je voyais quelque chose de joli ou de sympa dans une vitrine, je lui envoyais tout de suite un message. Si un nouveau bâtiment venait d'être construit, je l'en informais. Quand les vitrines de Sokos changeaient, quand les rues étaient si glissantes qu'on ne pouvait pas tenir debout, et quand un nouveau bar faisait son apparition. À la bibliothèque, je cherchais des livres susceptibles de l'intéresser, même si au départ j'y étais venue pour moi. Sur les marchés aux puces, je lui cherchais des pantalons à carreaux écossais, même si j'y étais allée pour moi, et je lui envoyais un SMS dès que j'en voyais un qui pouvait lui aller. Plus je m'inquiétais, plus je désirais être ses yeux, au moins cela, à défaut d'autre chose. Au moins lui rapporter des petits cadeaux.

Avant que je m'inquiète, avant que je commence à pressentir la réalité de la situation, il m'est arrivé d'oublier les petits cadeaux de la ville.

Qu'elle était déçue, Piki ! Elle faisait mine de plaisanter, avançant la lèvre inférieure, boudeuse et me fusillant du regard.

« Tu n'as pas apporté de petits cadeaux ! T'es vilaine ! »

Je riais.

« La prochaine fois, promis !

— C'est pas pareil. »

Piki enfouissait la tête sous son plaid.

« Tu as oublié ! Vilaine vilaine vilaine !

— Tu plaisantes, hein ?

— VILAINE ! »

Mon inquiétude grandissant, je n'ai plus jamais oublié les petits cadeaux de la ville.

Piki s'est fait aussi examiner la thyroïde. On n'y a pas trouvé d'anomalie : cela non plus n'a pas fourni d'explication simple aux événements. Tous les résultats de prises de sang étaient normaux. Entre parenthèses, il aura fallu huit ans avant de le vérifier, parce que personne n'avait jamais envisagé que la cause des symptômes puisse être un dérangement physique provoquant dépression, anxiété, phobies ou névroses. Beaucoup de patients atteints de troubles de la thyroïde se voient prescrire des antidépresseurs, parce que les symptômes se trouvent être un peu similaires à ceux de la dépression.

J'étais certaine que le bilan sanguin de Piki était du bidon : avec son mode de vie et d'alimentation, elle ne devrait plus être en vie. Mais tous les chiffres étaient parfaitement normaux, voire meilleurs que la moyenne, alors qu'elle aurait dû souffrir au moins d'anémie et du scorbut.

Le plus incompréhensible, c'était que Piki m'aimait si peu qu'elle ne voulait même pas essayer. C'était l'impression que ça me donnait. Mais finalement, on en était venues à parler de Paavo.

Piki voulait des enfants, et elle me poussait à en vouloir aussi. Une famille. Elle voulait une famille. Moi, elle, le bébé et les chats. Une famille. Elle porterait l'enfant sur son dos et jouerait avec lui aux petites voitures ou à tous les jeux possibles et imaginables. Je ferais de la brioche à la cannelle : les froides soirées d'hiver, Piki et le bébé mangeraient mes pâtisseries sortant du four en buvant du chocolat. Quand j'attendrais le bébé – oui, ce serait moi –, Piki ne pourrait pas détacher ses mains de mon ventre, disait-elle. On s'échangeait des faire-part, sur lesquels on écrivait : *Paavo joue du piano*, *Paavo nage*, *Paavo construit un château de sable* et *Paavo vient de s'endormir*. Le bébé s'appellerait Paavo. Piki avait toujours voulu avoir un bébé qui s'appellerait Paavo. On n'avait pas choisi de prénom de fille.

Une fois, Piki m'a donné une carte représentant un bébé en train de tapoter sur un piano à queue miniature. Au dos, elle avait écrit : *Paavo joue du piano.*

« Et Paavo, alors ?

— Quoi, Paavo ?

— Quand on aura Paavo, qui l'emmènera chez le docteur ? Si je suis souffrante. »

Silence.

« Moi, bien sûr.

— Comment ça, bien sûr ?

— Si c'est urgent, je l'emmènerai, évidemment. »

Je n'y croyais pas.

« Je n'aurai pas la force de le promener toute seule.

— Bien sûr que tu ne le promèneras pas toute seule.

— Ni d'être la seule à l'amener au piano.

— Mais tu n'auras pas besoin.

— C'est Bossa qui le fera ?

— Hé...

— C'est Bossa qui m'amènera à l'hôpital quand on attendra Paavo ? C'est Bossa qui viendra avec moi chez le pédiatre ? Je ne veux pas d'elle là-bas ! Je ne la supporte pas ! Ça ne me plaît pas qu'elle sache tout ce qui se passe dans notre lit.

— C'est pas le cas.

— Mais si.

— Je lui raconte pas tout. Allons, calme-toi !

— Comment veux-tu que je me calme ! Elle fait ta lessive, sûrement qu'elle sait tout ! Elle sait quand tu changes les draps ; et comme tu les changes toujours quand je viens, elle sait quand je passe la nuit ici. Elle sait quand on a fait l'amour puisqu'elle voit dans quel état ils sont. Elle sent mon eau de toilette chaque fois qu'elle ouvre ton sac de linge, et je doute que ça lui fasse plaisir.

— Hé, réveille-toi… Elle renifle pas mon linge.

— La première fois qu'elle m'a vue, elle a dit que tu n'avais encore jamais eu de copine avec cette odeur !

— Je n'en ai aucun souvenir.

— Bien sûr que non. Tu ne te rappelles pas non plus qu'elle m'a frappée au Nouvel An. Pas fort, mais quand même une gifle ! Comme ça, sans raison.

— Bossa ne fait pas des choses pareilles. D'ailleurs, personne ne l'a vu. Tu te fais des idées.

— Ah ouais, Bossa ne fait pas des choses pareilles ? Elle a frappé Maria, aussi : tôt ou tard, elle s'en prend à toutes tes copines qui sont un tant soit peu féminines ! Elle sait tout, oui !

— Bossa n'est pas violente.

— Tu ne veux pas ouvrir les yeux ! Elle a essayé de te frapper toi aussi, quand vous vous êtes séparées, mais tu es plus grande et plus forte. Elle voulait rester avec toi, elle ne voulait pas rompre ! Tu te rends compte ? Ça me plaît pas, qu'elle sache ce que j'ai mangé, et en quelles quantités. Ça me plaît pas, que ma relation avec toi dépende de ton ex. Ça me plaît pas, que ton ex lave tes sous-vêtements. C'est dégueulasse ! Tu trouves pas ça dégueulasse qu'on couche dans des draps qu'elle a lavés, qu'on couche dans des draps, sur des taies d'oreillers et sous des housses de couette qu'elle va laver ? Tu trouves pas ça dégueulasse, quand tu me fais saigner en me mordant la lèvre, que cette bonne femme nettoie le sang sur tes draps ? Tu trouves pas ça dégueulasse qu'elle sache comment sentent mes cheveux et ma peau ? Tu trouves pas ça dégueulasse, bordel de merde, qu'elle lave les sous-vêtements que j'ai oubliés ici ? Tu trouves pas ça dégueulasse ? Qu'elle sache quand j'ai mes règles dans ton lit, quand tu manges du yaourt dans mon nombril ou du pain d'épice dans mon cul ? Moi si, je trouve ça dégueulasse ! De jamais pouvoir être au lit avec toi sans qu'elle tienne la chandelle.

— Hé… ça commence vraiment à avoir l'air malsain, tout ça.

— Ce qui est malsain, c'est qu'elle sache toujours qui a été dans ton lit, les unes après les autres, vu qu'elle lave ton linge depuis votre séparation ! Ce qui est malsain, c'est que tu ne puisses jamais baiser ici sans qu'elle le sache, alors que tu peux le faire à mon insu. Elle a un putain de flair infaillible.

— En plus, ton eau de toilette est si forte qu'on n'a pas besoin d'aller renifler les draps pour la sentir. Toute la piaule en est imprégnée.

— Ça t'est jamais venu à l'idée de le faire réparer, ce lave-linge ?

— Ben voyons, je suis pleine aux as.

— Dis pas de conneries ! En plus, aujourd'hui, oui, tu aurais les moyens. Elle t'a totalement accaparée, Bossa. J'espère qu'elle est contente. Elle n'aurait pas pu atteindre mieux son but. Bizarre qu'une bonne femme qui a l'air aussi conne puisse être rusée à ce point. On dirait une brave lavette, mais putain c'est une salope de première comme j'en ai jamais vu. Tu te rends compte que tu es dépendante d'elle ? Chaque fois qu'elle fait une course dans un magasin, qu'elle va te chercher une glace, qu'elle transporte des bouteilles, qu'elle va à la pharmacie pour toi : de plus en plus dépendante. S'il y a quelque chose de malsain, c'est bien ça ! C'est du sadisme ! Elle est sadique, Bossa ! Elle a trouvé le moyen de te garder pour elle quand tu l'abandonnais, et ça a marché à la perfection. À la perfection, parce que tu ne veux même pas reconnaître quel mauvais tour elle t'a joué là. Dans ta vie, il ne se passe rien sans qu'elle le sache, et ça c'est malsain.

— Ça ne te ressemble pas, de traiter les gens de malsains.

— Bossa est malsaine.

— Bossa est normale. »

Plus j'en apprenais sur tout ce que faisait Bossa, plus je trouvais cela intolérable. Quand j'essayais d'y penser calmement, je comprenais bien qu'elle n'était que le sac de provisions de Piki, rien d'autre.

Mais qu'est-ce que ça peut bien faire, que ma photo soit alignée avec celles de ses chats au-dessus du canapé pendant que celle de Bossa gît dans un sac en plastique en bas de la penderie parmi les autres photos du sac à copines, qu'est-ce que ça peut bien faire, si je ne peux rencontrer Piki que selon l'emploi du temps ou le bon vouloir de Bossa, si la survie de Piki – ordonnances et nourriture – est entre les mains de Bossa, si les hauts et les bas de notre relation sont dictés par les ficelles que tire Bossa ? À quoi rime l'amour, si ma relation avec Piki doit toujours inclure une tierce personne ? Celle qui a les clefs et qui entre sans frapper.

Quel sens pouvait bien avoir notre relation ? Impossible de sortir dans les seuls endroits qu'on fréquentait ensemble, à savoir les bars, si Piki n'avait pas de vêtements propres. Ce qui était le cas. Et elle n'en avait pas si Bossa ne rapportait pas le linge au moment promis.

Impossible de sortir, parce que Piki n'avait plus une seule bière. On allait sur les neuf heures et Bossa n'était toujours pas venue, contrairement à ce qu'elle avait dit. Piki avait essayé de l'appeler, mais Bossa n'avait pas répondu.

« Elle doit dormir.

— Pourquoi tu ne m'as pas appelée, moi ? J'aurais pu m'en occuper.

— Bossa a dit qu'elle viendrait.

— Et alors ? À huit heures et demie tu as bien vu que tu n'avais pas de nouvelles.

— Je ne savais pas. Elle vient toujours au dernier moment.

— Je comprends pas. Je comprends pas comment tu peux compromettre notre soirée de cette façon. Pourquoi tu m'as pas appelée ? Ça m'échappe !

— Aller chercher de la bière, c'est pas ton boulot.

— Je comprends pas.

— Arrête de m'humilier. »

Une autre fois, impossible de se voir, parce que Piki n'était pas dans son assiette. Elle n'était pas dans son assiette parce qu'elle était à court de médicaments. Parce que Bossa ne l'avait pas encore réapprovisionnée.

Je la détestais, cette femme.

Depuis le début, c'était elle qui me fournissait de quoi préparer le petit-déjeuner. Qui rendait les films que je n'avais pas la force de déposer au vidéoclub. Et les livres que je n'étais pas d'humeur à rapporter alors que la bibliothèque était au coin de la rue.

Je n'avais pas eu le moindre soupçon.

Je m'étais imaginé que Piki s'occupait de tout.

Je la détestais, cette femme, de plus en plus.

Et quand on allait mal, Piki et moi, c'était Bossa qui se chargeait des expéditions de Susanna. En plus de son boulot à elle.

Elle avait même apporté des enveloppes du jardin d'enfants où elle travaillait, pour préparer nos envois.

Est-ce que je me rendais compte que Bossa assumait des tâches qui me rapportaient de l'argent ? Est-ce qu'il me venait à l'idée de lui en être reconnaissante ?

Non. Je la détestais de plus en plus, et toujours plus. Même si je ne la voyais presque pas, même si je ne la connaissais quasiment pas. Elle n'était pas du genre bavard, elle ne parlait pas de ses affaires personnelles, même à Piki. Elle était fade, terne, quelconque, mais omniprésente. Comme l'air. Invincible. Pas moyen d'y échapper.

« Tu sais sans doute que Bossa t'a fait le pire qu'on puisse faire à quelqu'un qui souffre de troubles paniques ?

— Oui. Maintenant. Je ne savais pas, à l'époque.

— Et malgré tout, tu trouves que c'est une sainte.

— Oui.

— Et elle non plus, à l'époque, elle ne savait pas qu'elle se comportait de la pire façon possible ?

— Non. Elle croyait bien faire.

— Elle est dans le secteur médical. Comment pouvait-elle ne pas savoir ?

— Personne ne savait, dans le temps. Hé, ça fait dix ans.

— Je le crois pas.

— Qu'est-ce que tu insinues là ?

— Rien. Pourquoi moi je pourrais pas être la sainte ?

— Je veux pas que notre relation se passe comme ça. T'auras pas la force. Et moi je veux pas.

— Et tu ne renonceras jamais à Bossa.

— Mais non, enfin.

— Ben pourquoi moi tu me laisses pas t'aider ? Je veux pouvoir faire quelque chose pour toi ! C'est obligé ! Je peux pas vivre comme ça ! Je peux pas rester les bras croisés ! Je peux pas !

— Je te fais pas confiance. Et c'est le plus important, pour nous autres : il faut qu'on ait une personne à qui se fier.

— C'est qui, “nous autres” ?

— Nous. »

J'ai passé sous silence, à ce moment-là, le fait que Piki fasse confiance à Bossa et pas à moi. Ça ferait mal, tôt ou tard. Alors autant que ce soit plus tard.

« Qui ça, “nous” ? »

Silence.

« Dis le mot ! »

Ma voix a fait déguerpir les chats derrière l'armoire.

« J'ai besoin de l'entendre ! »

J'avais le souffle court et la bouche sèche, et j'étais si avide de ce seul mot que toutes les déclarations d'amour semblaient totalement insignifiantes en comparaison.

« J'ai besoin de ce mot ! »

Piki sirotait son rhum tranquillement, tout en faisant des ronds de fumée avec sa cigarette.

« N'effraie pas les chats.

— Je vais les tuer, tes chats.

— T'es folle.

— Dis-le. »

Piki a écrasé sa clope avec minutie.

« Les gens qui souffrent de troubles paniques. »

Soulagement.

« Contente ? »

J'ai attrapé ma veste et mon sac à main, et j'ai inspecté mon visage. Je me suis poudré le nez, j'ai appliqué le brillant à lèvres d'un coup de pinceau précis, et je suis allée à l'Alko. J'y ai acheté trois grands Bacardi, que j'ai rapportés à Piki ; elle les a pris sans rien dire.

IV

I am so dumb.
Just beam me up.
I've had it all forever.
I've had enough.

Courtney Love,
Dying

Avant le coup de couteau, il y a eu des jours brumeux. De temps à autre, je me voyais traîner Bossa par les cheveux sur le trottoir. C'est ce qu'elle avait fait à la précédente copine de Piki. Je ruminais l'idée de me pointer à sa porte pour exiger des explications, savoir pourquoi elle jouait la servante et le panier garni, demander à grands cris ce qu'elle y gagnait, elle, à laver les draps dans lesquels Piki couchait avec ses femmes. Ou à ne pas les rapporter, si bien que Piki ne pouvait plus amener de femmes dans son lit. Au lieu de faire cela ou de quitter Piki, je l'ai poignardée. J'ai poignardé ma bien-aimée.

Les jours étaient brumeux. Pleins de peur, de confusion. C'étaient des jours où mes yeux s'ouvraient le matin pour s'abandonner à l'épouvante. Je courais, chez Piki, chez moi, à la poste deux fois par jour, en ville régler des affaires. Et retour. En haut, dehors, chez Piki, retour, la poste, Anttila, sex-shop, chez Piki, magasin, chez moi.

Et après ces jours sans nom et sans date venaient des nuits où je dormais mal dans mon lit. Et je dormais mal aussi dans celui de Piki parce que j'y sentais Bossa. Je mangeais mal dans ma cuisine, et je mangeais mal chez Piki parce que je ne voulais pas toucher aux produits apportés par Bossa.

Il y avait des bagues écrasées dans les poings serrés, enlevées et remises à l'annulaire, cachées dans des endroits bizarres. Des chats effarouchés et des téléphones jetés par la fenêtre. Des larmes qu'on versait toutes deux, d'abord chacune dans son coin, puis ensemble. Des montagnes de mouchoirs usagés, et des cigarettes allumées d'une main que les sanglots faisaient trembler. Des verres pour se calmer, coup sur coup. Des insultes. Les actes les plus odieux.

Je respirais comme si j'étais allergique à l'oxygène ; je changeais de collants et de sous-vêtements toutes les deux heures, je dormais avec les collants, les clients ne me laissaient pas un instant de répit. Leurs exigences oppressaient mon corps des orteils jusqu'au ventre, quelle que soit la taille ; je ne pouvais pas les ignorer, même aux moments qui m'étaient réservés. La nuit, je me réveillais avec les jambes qui grattaient. Si je portais des collants fins, je pouvais appliquer de la crème hydratante par-dessus, pour apaiser ma peau. Avec les plus épais, cela ne marchait pas, or les collants de contention étaient des produits beaucoup plus demandés que les modèles d'été de sept deniers. Piki était agacée par mes grattements incessants, et j'essayais de me retenir quand j'étais chez elle. Malgré tout, je ne parvenais pas à oublier ce serrement qui partait de la taille, je le sentais autour de moi en permanence, et les bandes élastiques des *push-up* me comprimaient la chair comme pour la réduire à néant. Et je sentais à chaque instant mon odeur qui imprégnait les mailles de polyamide, et ma peau qui perdait de petites particules à travers.

Ces jours-là sentaient la fin, même si je ne m'en rendais pas compte.

I've had enough.

Il y avait du sang partout. Et des empreintes de pattes ensanglantées. Les chats avaient gambadé aux quatre coins de l'appartement ; ils avaient beau faire leur toilette de temps en temps, ils retournaient vite patauger dans le sang.

C'est ce qu'on m'a raconté. Je ne l'ai pas vu par moi-même, car j'étais sur la terrasse commune quand les secours sont arrivés. Je m'étais enfuie là-bas, j'ai juste entendu la sirène. La terrasse donnait sur l'arrière de l'immeuble, de sorte que je n'ai pas vu ce qui se passait aux abords du véhicule. Les poings serrés sur la balustrade de fer, j'examinais le sol, dont l'état glissant était signalé sur un panneau à la porte. J'étais trop soûle pour comprendre ou me rappeler clairement ce qui s'était réellement passé ce soir-là, ou ce qui ne s'était pas passé.

Les secours partis, j'étais restée sur la terrasse. J'attendais. Comme si je ne comprenais pas que personne ne viendrait me chercher. J'attendais que Piki apparaisse à la porte de la terrasse pour me raccompagner, comme toujours, pour reconduire sa chérie à l'intérieur de peur qu'elle prenne froid ; j'attendais qu'elle me prépare un chocolat chaud, qu'elle me prenne sur ses genoux et qu'elle efface de ses baisers la terrasse froide, qu'elle enduise ma peau de mots doux, qu'elle me dorlote de sa voix : Piki aurait dû faire cela, Piki aurait dû faire, Piki aurait dû, Piki aurait, Piki.

Par la fenêtre ouverte, on entendait Joy Division, qui tournait encore :

Why is the bedroom so cold
Turned away on your side?
And love, love will tear us apart.

Je ne me rappelle pas avoir eu froid sur la terrasse, alors qu'il faisait frais, enfin je crois.

Oui, je me souviens du froid qui m'a soufflé au visage quand j'ai ouvert la porte de la terrasse, un froid qui m'a fait du bien. Il m'a fait du bien, parce que j'avais trop chaud : c'était étouffant, de rester si longtemps dedans avec ma veste. La veste avait des poches, et dans l'une d'elles j'avais le couteau. Je ne me serais même pas souvenue de ce couteau si je n'avais pas mis la main dans ma poche, où elle avait rencontré le manche. Je n'avais pas l'intention de le brandir. Je voulais seulement m'en aller, j'avais donc enfilé ma veste, et je m'étais accroupie à l'intérieur en attendant l'occasion de m'enfuir, car Piki, elle, ne voulait pas que je m'en aille.

Et je me rappelle sur mon doigt la sensation de la bague de fiançailles sertie d'une turquoise. Et je me rappelle qu'elle m'avait paru solitaire, plus tôt dans la soirée.

J'avais toujours un canif ou des ciseaux sur moi. Des ciseaux dans le sac à main et un canif dans la poche de ma veste. Ou l'inverse. Avant même d'emménager à Helsinki, depuis toute petite. Je n'avais jamais eu l'occasion de m'en servir. Les ciseaux étaient en acier chirurgical, je les avais volés au centre médical. Mon premier couteau, je le tenais de ma mère. Mon dernier, de Piki. Entre les deux, j'en avais eu plusieurs, offerts par des amis ou des fréquentations du moment. Des modèles de toutes sortes, petits et faciles à dissimuler dans le soutien-gorge.

Celui que m'avait donné Piki avait une poignée nacrée, la lame déjà piquée de rouille. Il était long comme l'index, et plat. Je le gardais dans la poche de ma veste en cuir, du côté droit, au fond, caché, sous le briquet et le poudrier. Il n'a jamais quitté cette poche accidentellement, et ma main n'est jamais tombée dessus quand je l'y tenais au chaud. C'est qu'il était plat, ce couteau, petit, sous tout le reste. Je ne l'ai jamais pris dans ma main quand je circulais dehors la nuit, alors que les ciseaux, eux, je les cachais dans ma paume.

Ce n'était pas que je me sente particulièrement en danger à marcher toute seule dans le noir. En vérité, je ne m'étais jamais inquiétée avant que Piki se fasse du souci pour moi. J'étais consciente des dangers, mais je ne m'en préoccupais pas. Avec elle, j'avais quelqu'un pour me rappeler que j'avais de quoi m'inquiéter. Une personne pour qui je comptais tellement qu'elle se faisait du souci pour moi.

Et puis ce soir-là, quand j'ai mis la main dans ma poche, le couteau s'y est glissé furtivement. J'ai refermé les doigts sur le manche, et je l'ai serré fort, accroupie sur place.

Le soleil se levait, lorsque j'ai ouvert la porte de la terrasse, descendu l'escalier jusqu'à la porte de l'immeuble et traversé la cour, et que je suis sortie me promener en descendant Torkkelinmäki. Cette fois, je n'ai pas appelé Piki en arrivant chez moi. Je me suis couchée, en enlevant juste ma veste et mes chaussures.

Sur la table, il y avait une pile de lettres et de paquets à poster. Est-ce que cela avait encore une importance, que je les apporte à quatre heures à la poste ? Est-ce que cela aurait encore un sens, que les clients reçoivent leurs colis le jour souhaité ?

Aurions-nous encore des clients ?

J'ai mis Cure :

However far away I will always love you
However long I stay I will always love you
Whatever words I say I will always love you.

Devrais-je m'habiller et aller à la poste ?

La clé du succès de Susanna résidait dans la date d'expédition. Cela faisait partie du service personnalisé : on notifiait au client que le colis était en route. On postait à la date souhaitée, dans le type d'emballage souhaité, avec les données d'expédition souhaitées. Avant Susanna, si j'avais imaginé qu'il pouvait y avoir une question existentielle, j'aurais cru qu'elle porterait sur la matière des slips, ce sont des choses cruciales pour les fétichistes. Mais non. L'essentiel, c'était le paramètre date d'expédition. Le moment où l'épouse était en déplacement. Le jour où la copine allait voir ses parents. Le matin où la femme était de service. N'importe quel prétexte pour pouvoir, à la date et à l'heure prévues, aller promener le chien du côté de la boîte aux lettres. C'est fou le nombre d'épouses qui travaillaient à la poste : du coup, il fallait faire appel à un transporteur privé, ce qui coûtait plus cher. Certains habitaient en cité U ou chez leurs parents, et ils voulaient qu'on écrive sur le bordereau de déclaration que le colis contenait des CD ou du matériel éducatif. D'autres faisaient livrer la marchandise à leur chalet de vacances, ou à leur domicile pendant que leur femme était au chalet.

Si je ne postais pas les colis, on perdrait la clientèle. Les colis envoyés contre remboursement ne seraient pas réclamés, puisque l'avis d'expédition arriverait à la maison un jour où l'épouse était présente.

Mais aller à la poste et payer l'affranchissement, c'était complètement vain si Susanna n'existait plus. Si Piki…

Piki serait furibarde, à sa sortie de l'hôpital, si elle voyait que je n'avais pas fait les expéditions et que les répondeurs étaient saturés de messages des clients.

D'un autre côté, je ne la verrais peut-être plus jamais, Piki.

Sur le chemin de la poste, j'ai encore vérifié que j'avais tous les colis. Ils se ressemblaient tellement que c'était à devenir folle. Je devais d'abord noter sur un papier les noms qui figuraient sur la liste des expéditions du jour, puis tracer une croix derrière chaque nom une fois que le paquet correspondant était dans le sac. Je m'étais déjà occupée des expéditions à de nombreuses reprises, mais, cette fois je voulais surtout ne rien oublier, ne pas m'embrouiller. J'avais des sueurs froides, comme si j'avais passé la nuit enveloppée dans du plastique, et l'ivresse ne s'était pas encore dissipée. Au bureau de poste, je me suis trouvée à court d'argent, j'ai dû aller au distributeur et revenir pour payer. Par la même occasion, j'ai demandé le courrier de Susanna en poste restante – il en arrivait encore parfois, même si on n'utilisait plus cette adresse. Il y avait quelques lettres, je ne savais pas ce que je devais en faire : je les ai emportées. Je n'ai pas ouvert les enveloppes mais, sur le chemin du retour, je suis allée fouiller dans les sous-vêtements du marché aux puces du coin, au cas où ils auraient ce slip hipster des années 1970 qu'on nous avait commandé. Si je le trouvais, Piki serait folle de joie. Elle ne pourrait pas dire que j'avais négligé le travail. Si je le trouvais, je pourrais l'enfiler tout de suite et le poster dès le lendemain. Car la fraîcheur du produit était un paramètre presque aussi important, pour les clients, que la date d'expédition. Le produit devait être mis à la poste directement après utilisation : les messages qui insistaient sur ce point nous arrivaient par dizaines. Piki serait d'autant plus contente si j'expédiais ce colis en particulier, elle serait enfin débarrassée des appels continuels du client. Sa spécialité, c'étaient les sous-vêtements des années 1970, et il téléphonait tous les jours pour demander si on avait trouvé le slip qu'il désirait.

Sauf que ce n'était pas moi qui avais l'adresse du type. C'était Piki.

Et Piki était…

Je ne savais même pas où Piki avait été emmenée : à l'hôpital Maria ou ailleurs ?

Quand Piki me raconterait ce qui s'était passé, je ne la croirais pas. Parce que je ne me rappellerais pas. Ce n'est que le lendemain, en relisant ses messages sur mon téléphone, que j'ai réalisé qu'elle me les avait envoyés après mon départ précipité et ma fuite sur la terrasse. Elle disait que ça allait mal. Que je devrais appeler les secours. Qu'elle n'arrivait pas à arrêter l'hémorragie.

J'avais lu ces messages sur la terrasse, mais je n'en avais pas compris le contenu. Et je n'avais rien fait.

Elle m'a appelée des dizaines de fois, et je n'ai pas répondu.

À ce moment-là, je n'avais aucun souvenir susceptible de rendre crédibles les mots de Piki. Dans mon esprit confus, j'étais sûre qu'elle ne faisait qu'inventer des prétextes pour que je retourne chez elle. Je me disais que ce n'était là qu'un de ces nombreux incidents qui se terminaient toujours de la même façon. À savoir que je retournerais chez elle après avoir déambulé dans Kallio en proie à la colère, puis on pleurerait un peu, et finalement on dormirait enlacées, son nez sur ma nuque.

Et moi-même, sans doute, je pensais y retourner : d'ailleurs, je n'avais pas pris la direction de mon appartement en claquant la porte du sien. À la place, j'étais sortie sur la première terrasse venue attendre qu'elle me supplie d'une façon assez convaincante de revenir.

Et comme ces SMS ne correspondaient pas à ce que j'attendais, j'avais été incapable de quitter la terrasse, ou de rentrer chez moi, ou de retourner chez elle, incapable d'appeler, je ne savais que faire de ces messages.

Les cris dans son appartement ne m'avaient pas incitée à partir. Ni à m'inquiéter pour elle. Ni même à me demander ce qui se passait.

Je m'appuyais à la rambarde, jetant tantôt un coup d'œil vers l'asphalte de la cour, tantôt vers la fenêtre de Piki, où flottait le rideau noir familier. Le vantail était ouvert, comme toujours ; Kasperi passait par là de temps en temps, il zieutait et ouvrait sa petite gueule de fauve, puis il se faufilait à l'intérieur, et moi je retournais m'asseoir dans un coin de la terrasse, sirotais mon verre, que je posais contre le mur pour qu'il ne risque pas de tomber dans la cour, l'ivresse bourdonnant comme si j'avais la tête dans un coquillage.

Après m'avoir téléphoné en vain des dizaines de fois, Piki a contacté Bossa : celle-ci a appelé les secours, et elle est arrivée juste à temps pour les accompagner.

Une fois de plus, Bossa s'est conduite à la perfection.

You promised. You promised me.

Après cette nuit passée sur la terrasse, ma relation avec Piki a cessé d'être une liaison amoureuse.

La main droite de Piki avait des nerfs sectionnés. Le rétablissement prendrait des années, paraît-il, si tant est qu'il soit possible. Ses doigts avaient perdu le toucher. Mais les cicatrices ressembleraient juste à de nouvelles lignes de la main, quelques nouvelles parmi les anciennes, peut-être un peu plus fraîches, comme celles d'un bébé, pas plus de différence. Je ne verrais même pas que c'étaient des cicatrices, si j'ignorais que ces lignes n'étaient pas de naissance.

Je ne regrettais pas. Je ne demandais pas pardon. Je n'étais pas désolée. Mais quand j'ai su ce qui s'était passé... enfin, ce que j'avais fait... j'ai ressenti une honte comme je n'en avais éprouvé qu'une fois dans ma vie. C'était à la maternelle, quand j'avais quatre ou cinq ans.

Il s'y était passé quelque chose dont je ne me rappelle rien, mais qu'on m'a raconté comme ceci : notre classe faisait du ski, on tournait en rond sur la piste derrière l'école, et moi je ne voulais pas skier. Que je le veuille ou non, il le fallait : tout le monde devait skier, et je ne faisais pas exception. Mais moi, j'ai quitté la piste, et la maîtresse m'a couru après : je me suis traînée vers l'école avec mes skis et mes bâtons trop grands, et la maîtresse m'a rattrapée. Non mais où je m'imaginais donc aller comme ça ? À ce moment-là, il paraît que je l'ai frappée avec un bâton. La pointe était en métal. Ce n'était pas un bâton pour enfants à bout en plastique, mais un modèle pour adultes en bambou, avec une pointe tranchante. Il a atteint la maîtresse au visage. Entre le nez et la lèvre. Le bâton a entaillé la chair entre le nez et la lèvre. La neige était ensanglantée. Je ne me rappelle rien. Le bâton était ensanglanté. J'entends mon cri lointain, quelque part dans les profondeurs de ma tête. Je me rappelle vaguement que cela ne s'est pas passé comme on nous l'a raconté par la suite, à mes parents et à moi. Je ne me reconnaissais pas dans la fillette qu'on décrivait dans cette histoire. Cette fillette qui était folle. Ou pire encore. Dangereuse, méchante et folle.

Personne à la maternelle ne m'a adressé la parole la semaine suivante. Les enfants me dévisageaient.

Et moi, j'avais peur.

Je ne regrettais pas. Je n'étais pas désolée. Je n'avais pas le sentiment d'avoir fait quelque chose de mal.

Mais il ne faisait aucun doute que j'étais une petite fille malade et folle.

Car seules les petites filles malades et folles agressent les adorables maîtresses blondes des adorables maternelles. Et les petites filles malades et folles, on les laisse toujours seules.

Quand on a découvert que j'étais une petite fille malade et folle, les enfants ont commencé à m'éviter, à me regarder de loin, d'un air ahuri, et à s'asseoir à une autre table à la cantine.

J'ai éprouvé la même sensation après la nuit où j'ai poignardé ma bien-aimée.

M'étant occupée des expéditions après la nuit passée sur la terrasse, je suis allée chez moi et j'ai dormi d'un sommeil de plomb pendant plusieurs tours de cadran. À mon réveil, en allumant la première cigarette, j'ai ressenti à la main une singulière légèreté, une curieuse étrangeté. L'annulaire ne portait plus la bague de fiançailles sertie d'une turquoise.

Piki me l'avait enlevée cette nuit-là.

Voilà pourquoi j'avais mis la main dans la poche de ma veste en cuir, quand j'étais encore à l'intérieur : je ne voulais pas que Piki remarque la bague à mon doigt. Sinon, je savais qu'elle voudrait la récupérer.

Mais elle y a pensé. Pourtant, je faisais de mon mieux, pitoyable et soûle, pour cacher ma main dans la poche de ma veste.

Est-ce que Piki m'a ordonné de lui rendre la bague ? Est-ce qu'elle a essayé de la prendre de force, en m'arrachant la main de la poche ? Et quand ma main est sortie, elle tenait le couteau. C'est ainsi que cela s'est passé ?

La grosse dispute n'a sans doute pas eu lieu le même soir, la plus grosse de toutes. Peut-être la veille, peut-être une semaine plus tôt, si ce n'est deux. Je ne me rappelle pas l'ordre exact des événements.

Piki a remarqué des bleus sur mon postérieur.

L'ecchymose formait des marques de doigts.

Sur les deux fesses.

Moi je n'avais rien remarqué. Je n'avais pas réalisé que ce tripotage avait été brutal au point de laisser des bleus.

« Qui ?

— Personne.

— C'était un bon plan cul ? »

Je n'ai pas répondu.

Piki m'a arraché mon téléphone pour lire tous les messages. Une partie provenaient de la personne avec laquelle je n'aurais pas dû coucher.

« Tiens donc. Allez, raconte-moi tout. Déballe. C'était comment, les couilles ? »

Le craquement familier de la voix de Piki.

« C'était super ? Il t'a bien labourée ? »

Non, il ne m'a pas bien labourée, en fait il n'a même pas joui, il a trimé si longtemps sans jouir que j'en ai eu marre. La verge n'arrêtait pas de se défiler, et son propriétaire rabâchait que je devrais regarder comment il me baisait : « C'est pas beau ça ? Regarde regarde regarde ! »

En quoi le fait qu'il m'enfonce sa misérable petite saucisse aurait-il pu être beau ? Pourquoi ? Comment cela aurait-il pu l'être ? C'est qu'il fallait *absolument* qu'il jouisse, le laboureur, et il insistait, insistait, insistait, et malgré ses tentatives interminables, il n'a pas obtenu le résultat escompté, ce qui, bien sûr, était absolument inconcevable, d'où le besoin d'en rajouter : comment donc une chose aussi inconcevable avait-elle pu se produire ? Il s'en est étonné jusqu'à l'aube, alors que je lui avais garanti que je le croyais, oui, ce n'était pas un problème qui lui arrivait souvent, en fait ça ne lui était jamais arrivé. On y croit, on y croit, mais oui bien sûr !

« Allez, raconte. Elles étaient bonnes, les couilles ? » ricanait Piki.

Bonnes ? Je n'avais jamais soumis mes baises antérieures à des appréciations, même si tous les manuels de sexe que j'avais lus plus jeune affirmaient que la femme prend le plus de plaisir avec un homme dans l'accouplement face à face, et ce, parce que c'est important pour elle, paraît-il, d'être face à face, elle qui est une créature tellement sensible, et parce que c'est ainsi que le clito s'excite le mieux. Mon cul.

« Tu as joui combien de fois ? »

Combien de fois ? Si seulement j'avais joui une fois ! Le laboureur n'avait pas manqué de s'assurer que j'avais joui une infinité de fois – il limait depuis si longtemps – et j'étais même censée compter à combien de reprises je jouirais encore. « Allez vas-y compte ! Et de un… »

En vérité, ça ne valait pas toute cette peine.

Le limage a continué si longtemps que je me suis asséchée. Le limeur a eu recours à sa salive pour continuer son labeur.

Mais je ne l'ai pas dit à Piki.

Que c'était la dernière fois qu'on me cracherait dedans.

Je n'ai rien dit à Piki.

Ciao l'hétéro, tu m'appelles ? Allez l'hétéro, déballe. L'hétérote, fais péter la bière. Gourdasse d'hétéro, ça c'est pas pour toi. Ah ça non c'est pas pour les hétéros. Hé, la laissez pas entrer, elle est hétéro ! Hééteéroote ! Tout Kaisaniemi résonnait des injures que me lançait Piki, et moi j'avais honte. Une putain d'hétéro. Une hétérote. Une *straight*. Une renégate. Une sous-merde.

D'accord, j'avais fait un coup de merde. Un coup hétéro. J'avais couché avec un homme, ouais. Oui, j'avais trompé ma copine avec un homme. J'étais une sale traîtresse – autrement dit, une hétéro.

Au milieu d'une soirée nanas, Piki m'a demandé de raconter à quoi ça ressemblait de se faire limer le fion par un secoueur de queue. « C'est quoi ce truc, là ? Je n'ai jamais bien compris, alors tu pourrais m'éclairer. Les autres aussi, ça les intéresse sûrement. Un peu de courage, quoi. Allez, raconte. C'est vrai qu'elles font ce bruit, les coucougnettes ? Est-ce qu'il crie, le secoueur de queue ? “T'as une super chatte t'as une super chatte t'as une super chatte ça y est je jouiiis !” Il s'endort vite, après ? Raconte, fais pas ta chochotte ! Hé, on est entre nous, là… Au bout d'une seconde ? Il était si excité qu'il t'a joui sur les cuisses ? Au téléphone il avait l'air tout jeune, je parie que ça s'est passé comme ça, non ? » Et Piki de rire encore.

« Ouais… Je l'ai appelé. On a parlé longtemps. De toi. Alors maintenant, tu te sens un peu plus… accomplie ? »

Et ça rigole encore.

« Hé, pourquoi tu m'as pas dit que tu voulais que je prenne un gode-ceinture ? Je t'en aurais mis, moi, de la bite ! »

Rires.

Combien de temps ça va durer ?

Le laboureur trouvait ça vraiment super que je n'aie pas d'ex-copains à mes basques – apparemment, il ne comptait pas les ex-copines au nombre des partenaires. Comme ma dernière relation masculine remontait à un bout de temps – pourquoi je lui avais raconté ça ? –, il estimait que j'étais pratiquement vierge et, à ce titre, une excellente candidate.

« En plus, c'est tellement bon à voir, quand on baise, qu'on devrait tourner notre propre film porno. »

J'ai cessé cette relation sans tarder ; c'était bel et bien la chose la plus futile que j'aie faite à l'époque, mais je n'en ai pas parlé à Piki. C'était assez d'humiliation. Bien sûr, le moment venu, elle a été mise au courant, mais elle n'a pas arrêté pour autant ses blagues d'hétéro. Cela a réduit encore davantage mes visites dans les lieux où j'aurais pu rencontrer des femmes. J'ai donc fréquenté les endroits où je rencontrais des hommes qui s'intéressaient aux femmes.

Après la nuit passée sur la terrasse, Susanna est devenue le seul motif et le seul moyen de communication entre Piki et moi.

On n'est jamais revenues sur les événements de cette nuit-là.

Si elle avait eu la même réaction vis-à-vis des événements de la nuit qu'au sujet des bleus sur mes fesses, si elle s'était mise à se moquer de moi en continu et à me faire des reproches, il aurait pu en aller autrement. Peut-être que je me serais sentie en dette envers elle.

Peut-être que je serais devenue une nouvelle Bossa.

Mais je ne suis pas devenue une nouvelle Bossa, et le statut de Bossa n'a pas été remis en question. Au contraire. Car Piki n'avait plus de femme à se mettre sous la dent.

Mais elle avait Bossa.

Et Bossa, je la détestais.

Bossa et moi, on calculait nos passages chez Piki pour ne pas risquer de nous croiser dans les parages, même par hasard.

Ça devenait compliqué. Piki me prévenait par téléphone que Bossa viendrait à quatre heures. Je devais donc passer prendre les colis avant quatre heures. Mais je n'avais pas le temps. Alors je devais attendre que Bossa ait fait les courses, qu'elle soit passée chez Piki et repartie, et qu'elle ait disparu au coin de la rue.

Mais Bossa restait papoter pendant des heures.

Et moi, j'attendais à côté du téléphone, sur mon lit, de pouvoir aller chercher les colis chez Piki.

De temps en temps, j'enfilais des collants neufs.

Et j'attendais encore.

Jour après jour, j'attendais les coups de fil de Piki, et je changeais de culotte et de collants. Je ne prenais pas de douche, afin d'avoir un maximum de linge disponible pour les clients de Susanna. De toute façon, je n'avais plus de relation intime, alors quelle importance si je ne me lavais pas ? Et tout le temps que je ne passais pas avec ma femme, je pouvais le consacrer à porter ma tenue de travail.

Notre rupture me rendait libre de préparer davantage de produits, et mieux. Dès que Piki me transmettait une nouvelle commande, je me jetais sur l'article. Avant, j'aurais dû attendre de rentrer chez moi. En plus, j'aimais bien me promener nue, chez Piki, je ne voulais pas m'asseoir tout le temps sur ses genoux avec des culottes et des collants destinés à la clientèle. Je voulais sentir ses mains sur la peau de mes cuisses, et non sur un sept ou vingt deniers. À présent, j'étais débarrassée de ces problèmes.

Quelque chose a commencé à me manquer, dont j'ignorais que l'on pouvait éprouver le manque : mes sous-vêtements à moi.

Cela a continué pendant plusieurs mois. Finalement, la situation de Susanna a forcé Piki à m'appeler : il fallait qu'on se voie. Je suis allée chez elle.

Je ne l'ai pas regardée dans les yeux de toute la soirée.

Je baissais le regard vers mes genoux ou mon verre, ou bien j'observais les petits objets apportés par Bossa. Je n'étais plus capable d'affronter Piki sans ivresse.

« Je voulais pas vraiment que tu viennes, dit Piki face à l'écran de télé. Mais il fallait que j'entende une autre voix que celle de ces mecs. Une heure après l'autre, jour après jour, les mêmes halètements. Sur vingt qui appellent et qui demandent le prix, y en a deux qui passent commande. Moi je parle, je parle, je parle, et j'écoute, j'écoute, j'écoute, et ils veulent discuter de la pluie et du beau temps, de bites et de moules à marée basse, de la présidente et de leur ex-femme, de la chatte et du bruit de la neige. Et puis ils se fâchent parce que je ne peux pas bavarder avec eux pendant des heures. »

Si Piki m'adressait ne serait-ce qu'un coup d'œil. Mais non. Elle poursuit sans se détourner de la télé, grattant les chats de temps en temps :

« Ou bien ils appellent encore, encore et encore. Ils me prennent pour une poubelle, une assistante sociale, une thérapeute. Après une heure à me rebattre les oreilles, ils commandent des fois un paquet. Ou pas. Certains me raccrochent au nez. Il faut que tu prennes en charge une partie des communications. J'en peux plus. »

J'ai dit que j'en serais incapable. Je ne saurais pas parler avec eux. Et je n'avais pas sa voix, à l'hameçon de laquelle les clients mordaient sans s'en rendre compte.

« T'as rien d'autre à dire que : “Ici Susa, que puis-je faire pour vous ?” Puis tu annonces les prix, les produits et les conditions de livraison, et tu notes les noms, les adresses et les commandes.

— Je saurai pas.

— Très bien ! Ne m'aide pas ! T'as rien à faire à part porter ces putains de paquets à la poste, rien d'autre, et moi je passe mes journées entières ici avec ce téléphone, et je ne parle avec personne d'autre que ces mecs ! »

On ne pourrait pas parler de nous, des fois ?

Je veux parler de nous !

Je veux que Piki me regarde !

Le téléphone. Bon Dieu. Toujours ce maudit téléphone.

Piki avait oublié de le débrancher. Il était quatre heures et demie du matin.

« Allô.

— Salut Susa, comment ça va ?

— Oui ?

— Je vois que tu vends… Enfin, que tu vends… Bref, que tu vends des culottes.

— Ouais ?

— Alors moi, des comme ça, des culottes, si t'en as…

— Écoute, tu sais quelle heure il est ?

— Hein ?

— Tu sais quelle heure il est ? Pourquoi tu m'appelles à cette heure ?

— Euh… ben… c'est que je bande.

— Et qu'est-ce que ça peut me faire, hein ? Ça te vient pas à l'esprit que je puisse dormir ?

— Euh…

— Est-ce qu'on te vend du lait, dans les magasins, au milieu de la nuit ? Est-ce qu'y a des vendeuses rien que pour toi, là, qui attendent qu'il te prenne une envie soudaine d'un petit casse-croûte ? Dans les restaurants, on prend ta commande à cinq heures du matin ? Hein ?

— Non…

— Ben alors pourquoi tu m'appelles la nuit en t'imaginant que je suis réveillée et disposée à te répondre juste parce qu'il se trouve que t'es réveillé et que t'as la gaule ?

— Euh…

— Pourquoi t'appelles pas les téléphones roses ?

— Ben ma ligne est bridée.

— Écoute, tu vas remettre ta quéquette dans ton pantalon, tu rappelleras dans la journée, et là aussi tu garderas ta quéquette dans ton pantalon. Si c'est du sexe au téléphone que tu veux, et pas des culottes, on passera un accord distinct, et il faudra régler au préalable. À moins que t'aies un privilège qui te donne le droit d'aller au magasin et d'y manger de la bouffe, et une fois que tu l'as chiée tu reviens payer si tu t'en souviens ? Hein ? Non ? Tu payes ta bière en terrasse avant ou après l'avoir bue ? Exactement. Au revoir. »

Piki m'a regardée.

J'ai compris.

J'ai saisi le téléphone.

Pendant sa conversation avec le branleur, je l'avais observée. Elle se concentrait sur ses mains ; le combiné à l'épaule, elle se tirait les peaux des doigts, contrôlait la longueur et le polissage des ongles ; pour les femmes, ils devaient être impeccables. Non plus pour moi, non. *Ne pense pas à ça.*

J'avais entendu Piki s'occuper des coups de fil. J'étais au courant de ce qui s'y disait et dans quels termes ; je connaissais nos clients. Je savais à quoi m'attendre. Je me débrouillerais, oui, même si j'étais loin d'être aussi compétente que Piki. D'accord.

« Et si je ne sais pas quoi leur dire ? S'ils font les difficiles ?

— Eh bien tu t'occuperas de ces appels ici, chez moi. Si une situation délicate se présente, on avisera.

— Mais ça marchera pas, avec le mec au bout du fil.

— Tu m'écriras le problème sur un papier. Et puis tu maîtrises le langage corporel. D'ailleurs, en entendant tes réponses, je comprendrai bien où est le problème.

— J'suis pas aussi bonne que toi, moi.

— T'as pas besoin. Du moment que tu gères au moins une partie. »

Et le téléphone a encore sonné.

Piki a tendu le menton vers le combiné :

« Vas-y, entraîne-toi. C'est un nouveau numéro, je n'ai jamais parlé avec lui, alors il ne risque pas de trouver que Susanna a changé de voix. Tiens, voilà, tu vas prendre tous les nouveaux clients. »

J'ai empoigné le combiné.

Malgré ma voix tremblante, le premier coup de fil s'est très bien passé.

Piki était du même avis.

« Tu les repéreras vite. Ceux qui la ramènent en disant que l'argent c'est pas un problème, ils n'en ont jamais : du coup, t'as pas trop besoin d'écouter leur blabla. Ceux qui fantasment sur les chaussures les plus chères, ils ne payent jamais : donc pas la peine de miser sur eux non plus. Et ceux qui se vantent d'être des habitués potentiels, ils en deviennent rarement.

— Mais on ne peut jamais être sûr.

— On ne peut jamais être sûr. C'est pourquoi il ne faut faire chier personne trop ouvertement. Même un couple qui voudrait correspondre par petites culottes interposées. »

Désormais, j'allais chez Piki tous les jours pour m'occuper des coups de fil. Passé l'appréhension initiale, j'aurais pu le faire de chez moi, bien sûr. Mais je ne voulais pas revenir à la façon dont nous gérions les affaires après la nuit sur la terrasse.

Pendant cette période, Piki s'occupait de la partie téléphone, moi des expéditions et de l'acquisition des marchandises selon ses directives. On ne se parlait pas, même par téléphone, on échangeait juste des SMS. Je lui apportais l'argent et les relevés de compte dans une enveloppe que je lâchais par la fente de la boîte aux lettres, et elle m'y tendait en retour les bordereaux de contre-remboursement et autres messages. On ne pouvait pas laisser des marchandises à caractère sensible dépasser de la porte : si j'étais en retard, Piki était furieuse. Il fallait que je sois sur le palier à l'heure exacte que j'avais annoncée. Et à une heure qui lui convenait. Piki avait beau être chez elle jour et nuit, l'heure qui lui convenait n'était jamais la mienne.

Je ne voulais pas revenir à cette organisation, pas seulement à cause des complications, mais surtout parce que je voulais voir Piki autrement qu'à travers la boîte aux lettres où elle glissait le bout des doigts. Au dernier coup de ce genre – avant qu'elle me téléphone pour me demander de m'occuper des appels –, nos doigts s'étaient frôlés dans la fente : ma main s'était raidie, celle de Piki s'était figée, puis elle avait soudain attrapé la mienne pour la serrer. J'avais serré la sienne. Puis on s'était relâchées et j'étais partie ; dans l'escalier, je me suis permis de sourire – prudemment, mais quand même.

Au final, on a passé beaucoup de nuits à assurer les communications ensemble. Pendant que j'étais pendue au téléphone, elle s'occupait de la comptabilité, des timbres et des emballages ; de temps à autre, elle envoyait une nouvelle petite annonce au télétexte ou répondait à un client.

Certains allaient droit au but. Avec une voix de fonctionnaire et un langage châtié. En journée, certains appelaient depuis un poste de travail, si bien qu'on entendait des bruits de fond ; mais la plupart téléphonaient depuis un bureau individuel. Ou dans les WC. Ceux qui appelaient du travail étaient parfois tout jeunes. Dans les vingt-cinq ans. Quel que soit le prix, ils disaient toujours que cela leur semblait raisonnable. Ils traitaient l'affaire efficacement, vite et bien. Comme s'ils s'abonnaient à un journal. Et ils ne rappelaient jamais après la prise de contact, non, ils n'envoyaient pas, en état d'ébriété, de messages au sujet de la super chatte de Susanna. Ils étaient faciles, ces clients-là, et je me débrouillais très bien avec eux.

Certains étaient nerveux. Leur voix chevrotait, mais pas à cause de la branlette. Ils étaient polis et voulaient faire bonne impression. C'était important pour eux. Une question d'honneur.

Piki me faisait la leçon :

« Et ils croient faire bonne impression en racontant combien de centimètres fait leur mégabite. À faire tomber à genoux toutes les salopes, si on les écoute. Et certains se vantent d'être beaux, sportifs et à la fleur de l'âge. Comme si ça pouvait m'intéresser. Mais tu les laisseras faire leur pub, du moment qu'ils ne dégoisent pas trop longtemps. À condition qu'ils ne se branlent pas. Les branleurs, ils essayent de garder leur voix posée, alors qu'elle siffle et qu'elle grince, elle monte et elle descend. Si on aborde le sujet, ils s'offusquent : "Quoi ? Mais pas du tout, jamais de la vie, mais non mais non je ne me branle pas." »

Piki a reçu un message sur son téléphone. Elle a interrompu sa leçon sur la clientèle le temps de le lire, puis elle a repris aussitôt :

« Alors il y en a qui prennent tellement peur qu'ils demandent pardon. Les mêmes types qui n'ont sûrement jamais demandé pardon à une femme. D'autres raccrochent aussi sec. Ceux-là, bien sûr, on n'y peut rien ; mais si tu entends qu'ils ont l'air de se branler, dis-leur que Susanna n'est pas une ligne de branlette gratuite, et que si ça continue, tu vas raccrocher. »

J'acquiesçais. Entendu. J'avais aperçu un sourire au coin de ses lèvres, quand elle lisait son SMS. Il n'était pas de ceux qu'on adresse aux amis.

« Mais les mineurs, je ne les repère pas à tous les coups. Plus tu auras été au téléphone, plus tu les reconnaîtras facilement, dans l'ensemble. »

Regarde-moi !

« Bon, ils essayent d'avoir l'air plus âgé et ils t'assurent qu'ils ont vingt ans. On pourra jamais savoir. Faisons confiance à ceux qui nous semblent majeurs, et pas aux autres. Des gamins en pleine mue qui font téléphoner un pote à la voix grave, ou quoi… On peut pas savoir. On voudrait pas que des parents nous tombent dessus… Mais on peut pas savoir. Te stresse pas trop pour ceux-là. »

Piki ne me regarde pas. Mais d'accord. Essayons. Je ferais tout pour qu'elle soit contente.

« Et puis il y en a qui croient qu'après un coup de fil, hop, on est copains comme cochons, qu'ils peuvent appeler à n'importe quelle heure, tous les jours, des dizaines de fois, envoyer des dizaines de messages et de grosses bises des Alpes. Et ceux qui croient que la super Susanna rêve de vivre dans un deux-pièces à Rauma illico après le premier entretien. Aucune femme ne déclinerait une telle offre ! Ne les contredis pas, mais ne te laisse pas emballer par leurs paroles : efforce-toi de recentrer la conversation sur la commande. »

Pendant la leçon, j'ai encore pu regarder Piki en face en toute sécurité et sans détour. Et l'écouter. Peu importe ce qu'elle dit, pourvu qu'elle parle, du moment que je peux écouter sa voix sublime.

Bien sûr, ça me faisait mal, que Piki ne me parle que de clients qui voulaient échanger des lettres avec Susanna, et de culottes commandées par un soldat de l'Onu en manque de présence féminine, dans sa contrée lointaine.

« Quelle brêle, raillait-elle. Ça ne lui vient même pas à l'idée qu'ils n'ont pas accès au télétexte finlandais, là-bas, du côté de la Bosnie, où il prétend se trouver. »

Il est ravissant, son rire. Ravissant, même si c'est pour se moquer d'un client.

« Et quand je m'étonne qu'un colis pour la Bosnie doive être expédié à une adresse finlandaise, il me sort qu'il va justement revenir en permission. Et puis on a aussi de nouveaux clients dans le style de Tomppa, un type de Tampere. J'ai parlé avec lui à plusieurs reprises. Il dit qu'il est représentant – et non “directeur général” – et qu'il vient deux fois par mois en voyage d'affaires à Helsinki ; il est prêt à payer les frais d'hôtel et tout, pourvu qu'il puisse montrer qu'il n'a pas la langue dans sa poche. Il ne commande jamais rien, Tomppa. Mais il répond à chaque nouvelle annonce et il recommence son histoire. Les mecs dans son genre, tu peux leur raccrocher au nez. »

Ses fossettes, quand elle sourit.

On a ri en gloussant jusqu'au bout de la nuit ; on n'était plus dans les bras l'une de l'autre, et en même temps j'avais envie de pleurer, mais on riait ensemble, et c'était mieux que tout au monde. On a utilisé un vieux hareng, des champignons oubliés qui avaient moisi sur l'évier, et de la mayonnaise rance, pour en faire une mixture dont on a parfumé les collants destinés à un client qui voulait un modèle porté pendant deux semaines. On essayait diverses combinaisons d'odeurs, le Kalles Kaviar donnait la petite touche finale, on s'amusait bien. Parfois même mieux que dans les derniers temps de notre relation : sans besoin de parler de choses difficiles, on pouvait profiter de tout le reste. On riait ensemble, sans avoir à se parler, à parler de nous ou de comment on allait à part ça. Car à part ça, ce qui se passait dans la vie de Piki, je n'en savais rien.

Elle mentionnait régulièrement sa main et les nerfs. Elle disait que la sensibilité n'était pas encore revenue. Elle fléchissait ses deux mains et les faisait tourner quand je m'asseyais à la table en face d'elle. Les filles ne posaient pas de questions à ce sujet, paraît-il, à moins qu'elle leur explique qu'elle n'avait pas de sensibilité dans les doigts et que ça faisait seulement une différence quand elle doigtait ses partenaires.

Piki n'attendait pas de réponse, elle repassait sans complexe aux affaires professionnelles.

Au milieu des sachets Minigrip et des timbres, j'avais la nostalgie des conversations sur le temps qu'il fait et de nos ragots, ce que je pensais de l'une ou l'autre de nos connaissances, ce que Piki pensait d'une telle ou d'un tel ; les câlins sur son canapé me manquaient, ainsi que les messages pleins de curiosité qu'elle m'envoyait au sujet de mes petits cadeaux, avant, quand j'étais dans le tram, dans les magasins, en ville, au village, dans le métro, partout.

À la place, on traquait les serviettes hygiéniques des années 1970, ce qui était pratiquement une mission impossible. Lorsqu'on a expliqué à notre client la difficulté de la tâche, il a bien voulu se contenter de modèles des années 1980. Après avoir demandé à toutes nos connaissances de fouiller les armoires de leur jeunesse, au bout du compte on a fini par mettre la main sur un paquet intact de serviettes Nainen des années 1980. Le client était tellement euphorique que Piki s'est permis de lui demander par des voies détournées ce qu'il comptait en faire, au juste.

« Des bâillons, m'a-t-elle expliqué par la suite. J'aurais dû m'en douter, sachant que c'était un si bon client. Il n'y a que les garçons soumis pour ne jamais chercher à faire durer la conversation jusqu'à ce qu'ils aient terminé leur branlette. En fait ils ne se branlent même pas. »

Et au lieu de regarder des films dans les bras l'une de l'autre, on se mettait les nerfs en pelote à cause des clients qui voulaient des échantillons de nos produits. Voilà qu'ils avaient besoin d'une photo ou d'un slip pour se faire une idée. Un tampon. Une chaussette de sport ou des collants, juste une paire. Au moins une photo. Bon, même une photo en pied quelconque, avec Susanna tout habillée en train d'accomplir une activité banale, le ramassage des feuilles mortes ou la vaisselle. À condition qu'on voie son visage. Il n'y a rien de mal à cela, hein ?

« Il dit qu'il payera le triple, pour ces photos.

— Des photos où je ramasse les feuilles mortes tout habillée à condition qu'on voie mon visage ?

— Oui.

— Qu'est-ce que je lui dis ?

— Qu'il peut payer autant qu'il voudra, il n'aura pas le visage. »

On a allumé des cigarettes. J'ai ouvert la fenêtre en grand.

Les yeux noirs de Piki étaient fixés sur le livre de comptes.

Par la fenêtre, on voyait la terrasse où j'avais passé cette fameuse nuit. Elle n'était qu'à un mètre. Le rideau noir flottait dans sa direction par la fenêtre ouverte. Et je me suis rappelé comment la voix de Piki m'avait ensorcelée la première fois qu'elle m'avait appelée, avant notre premier été. On s'était rencontrées autour d'un Cuba libre à l'heure où les lumières se rallument, l'ivresse et les bruits du bar submergeant les nuances de sa voix de telle sorte que je ne les avais pas véritablement remarquées jusqu'au premier coup de fil, où je ne la voyais plus, j'entendais seulement sa voix onctueuse.

Peut-être que les choses se tasseraient un jour. Alors ce serait de nouveau à moi qu'elle adresserait ses sourires, non à celle qui lui envoyait des SMS. Elle tournerait vers moi ce regard lourd et enivrant comme le parfum des lis. Et elle parlerait d'autre chose que des clients. Si seulement pendant un certain temps on pouvait rire ensemble sans verser de larmes ni se disputer une seule fois. Alors elle laisserait sa voix recouvrer sa chaleur de cannelle, elle lui permettrait de se glisser en moi pour caresser mon cœur, qui redeviendrait rouge à coups de langue.

Tant que cela n'était pas possible, je me contenterais d'une facette de Piki que les autres femmes n'avaient pas. C'était mieux que rien. Ou plutôt, non : cette facette-là était meilleure, voire *la* meilleure. Plus sincère. Je savais à quoi m'en tenir, moi. Contrairement à celle qui lui envoyait des messages.

Les événements de la nuit sur la terrasse ne se sont pas produits parce que j'avais les hanches couvertes de bleus laissés par un homme avec lequel j'avais couché. Ni parce qu'il s'agissait d'un homme. Un homme que j'avais ramassé quelque part après une dispute avant de l'abandonner un peu plus loin. Un homme qui m'était tombé sous la main à ce moment-là. Un homme qui me désirait du regard, ce qui m'avait fait du bien, à moi qui étais sûre que Piki ne me désirait plus : elle n'avait jamais voulu me voir quand elle était sobre, Piki.

Ces événements se sont produits parce que je n'avais plus confiance. Ils se sont produits parce que je ne comprenais rien à Piki sinon qu'elle ne voulait plus.

Le soir où j'ai couché avec un homme qui m'a imprimé des bleus sur les fesses, j'avais transporté cinq litres de lait et trente bouteilles de bière. Pour Piki. Elle m'avait demandé de les lui apporter parce qu'elle savait que j'allais faire des courses. Je n'avais ni voiture ni vélo, seulement mes bras. Et en sortant du magasin, j'ai dû traîner les bouteilles et les packs jusque chez moi, alors que je n'étais qu'à cent mètres de son immeuble ; ce n'est que plus tard, à l'heure d'aller chez elle, que j'ai pu lui apporter les sacs de provisions. Trente bouteilles de bière. Cinq litres de lait. Du tabac à rouler. Un sachet de petits pains. Je l'avais appelée du magasin pour lui demander si je pouvais déposer les provisions directement. Elle était d'avis que je pourrais les apporter le soir, en venant.

Je savais que ça ne valait pas le coup d'essayer quand même : elle n'ouvrirait pas la porte. Tout ce que j'avais à y gagner, c'était un aller-retour de plus avec trente bouteilles de bière et cinq litres de lait.

En sortant du magasin, je suis donc rentrée chez moi, j'ai posé les sacs dans l'entrée, je me suis servi un premier verre et je me suis coiffée. Après m'être préparée, baignée, parfumée et maquillée, j'ai enfilé des sandales, j'ai pris les sacs et je suis allée chez Piki en claquant des pieds, en cliquetant des bouteilles et en suant à flots. Il était minuit pile.

J'avais téléphoné pour demander qu'elle veuille bien m'ouvrir en bas.

Elle n'a pas daigné venir à la porte côté cour, seulement à l'entrée principale, ce qui rallongeait mon parcours. Mais j'y suis allée, afin qu'elle vienne à ma rencontre.

Je lui ai remis les marchandises, et puis je me suis lâchée. J'ai dit des choses que je n'aurais pas dû dire. Je n'ai fait cela qu'une fois, mais c'était une fois de trop. Je lui ai craché qu'elle n'allait même pas faire ses courses toute seule, qu'elle était mal placée pour me dire quoi que ce soit et me donner des ordres, elle qui n'était pas fichue de descendre ses poubelles dans le conteneur de sa cour.

J'aurais voulu dire que ça me faisait mal. Qu'elle me faisait mal en buvant. Mais je ne l'ai pas dit, j'ai dit des mots que je savais injustes.

Je suis sortie en courant, et j'ai attrapé le premier qui me désirait du regard.

Et il se pourrait aussi, un peu quand même, que j'aie pris un homme pour faire encore plus de mal à Piki.

Le lendemain, on s'est réconciliées, et je n'ai pas mentionné le mec, puisque cet outrage n'avait plus lieu d'être. Mais les bleus ont parlé pour moi.

Rien de tel ne se serait passé, bien sûr, si j'avais su déchiffrer avec justesse la voix de Piki depuis le début. Parce qu'on y percevait aussi autre chose que de l'assurance et de l'arrogance.

Dans les derniers temps où nous étions encore ensemble, quand elle m'appelait avec une voix fluette et grelottante, mince comme une hostie, transparente, ça m'agaçait de devoir l'écouter – sous prétexte que c'était ma femme – alors que je passais la soirée chez des amis.

« Comment tu fais pour toujours te sentir mal quand je suis en train de m'amuser ? Pourquoi je peux pas m'amuser, moi, pourquoi il faut que tu angoisses dès que je suis de sortie ? Comment tu peux être aussi égoïste ? J'en ai marre de t'écouter ! criais-je, et je voulais couper court à ses enfantillages.

— Où t'es ? Je suis oppressée. »

Pépiement, petite voix, des petits oiseaux dans la voix.

Je ne comprenais pas ce qu'ils disaient, je prenais ça d'abord pour une plaisanterie et je riais :

« Tu fais l'idiote, là ! »

Cela s'est répété plusieurs fois. J'étais incapable d'écouter Piki dans les moments où sa voix devenait petite et fragile, toujours plus fragile – et en fait c'était sa voix intérieure, la plus profonde. Un grelot affolé sonnant l'alarme. Un grelot au cou d'un chaton abandonné dans une forêt impénétrable. Et moi, je ne l'entendais pas.

Vers la fin de la communication, souvent, je m'emportais et je criais.

« Pas maintenant ! Je m'amuse, là. Pas maintenant, bordel ! »

Ça se passait comme ça quand Piki réitérait le même coup de fil dix fois dans la soirée.

Parfois, j'éteignais mon téléphone et je sortais avec mes amis, alors que sa voix minuscule avait dit de loin : « J'ai peur de ne plus avoir peur de mourir. »

Nul ne pouvait pressentir, au milieu de ces caprices, que sa voix enfantine était précisément ce qu'il aurait fallu prendre au sérieux chez Piki : j'aurais dû aller vers elle, la prendre dans mes bras et lui caresser la tête, lui chuchoter que tout allait s'arranger et que je ne partirais pas.

Je n'ai pas fait cela. Mon histoire avec Piki s'est terminée.

Je venais d'acheter pour Oskar Blum deux paires de collants de maintien ordinaires de quarante deniers, semi-mats, taille 42, quand je suis arrivée chez Piki le vendredi soir afin de m'occuper des coups de fil.

La même commande se renouvelait toutes les deux semaines, et Oskar Blum payait chaque fois son colis 300 marks. C'était notre client préféré. Je ne sais pas pourquoi il n'achetait pas ses collants sur catalogue ou dans des sex-shops. Certains ont l'air de vendre aussi des modèles tout à fait ordinaires et des collants de maintien, non seulement ceux qui sont ouverts à l'entrejambe ou les résilles mais aussi le modèle précis qu'Oskar nous commandait. Ou dans un magasin classique. Oskar Blum, en effet, voulait toujours ses collants intacts, non portés et dans leur emballage d'origine.

« Est-ce que c'est à cause des vendeuses ? Ou simplement il n'ose pas aller au rayon femmes acheter des collants ? m'étonnais-je avec Piki tandis qu'elle emballait le colis d'Oskar Blum.

— Ça se peut qu'il n'ait ni épouse ni copine, et que ce soit une personnalité que tout le monde connaît dans sa localité.

— Ou bien son épouse est particulièrement petite et lui grand, et comme ils sont tous les deux connus dans leur localité, il ne peut pas acheter des collants de grande taille sans que ça cancane dans les chaumières.

— Pourquoi il ne les commande pas sur le catalogue d'Anttila, par exemple ?

— Si ça se trouve, c'est sa femme qui s'occupe de ces choses-là dans leur ménage, et il ne peut pas les commander sans qu'elle le sache ?

— Mais il fait bien livrer le paquet de Susanna à son domicile, non ?

— À moins que ce soit son lieu de travail ? Il ne ferait sans doute pas livrer des colis étiquetés Anttila sur son lieu de travail.

— Peut-être. On ouvre le rhum ?

— Allez. »

Piki a débouché la bouteille.

En fond tournait le film *Qu'est-il arrivé à Baby Jane*.

« T'en as pas marre de voir ça ?

— C'est le préféré de Bossa, pas le mien. »

Bossa venait donc de partir. J'ai commencé à parcourir les messages du téléphone de Susanna et à y répondre, en essayant de me concentrer, mais je n'y arrivais pas.

« Tu as déjà une nouvelle femme pour qui Bossa fait la lessive ? »

Je n'ai pas tourné la tête vers Piki.

« Ça te regarde ? »

Je n'ai pas répondu.

« Ça t'intéresse ? »

Je n'ai pas répondu.

« Tu veux savoir ce qu'elle sent ? Quel goût elle a ?

— Ben Bossa le sait, elle. »

Elle savait toujours plus de choses que moi, Bossa.

« En tout cas, elle a meilleur goût qu'une bite. Raconte, figure-toi que ça m'intéresse : qu'est-ce qu'y a de bon, dans la bite ? Qu'est-ce que tu ressens, en le faisant ?

— Pourquoi tu remets ça sur le tapis ?

— Quoi ? Mais si, raconte : comment tu as pu ne pas pouffer de rire en le voyant bander ? Ne joue pas à la victime, ça t'a bien plu. Pourquoi tu prends ce drôle d'air ?

— Arrête.

— Pourquoi ? C'est toi qui as commencé.

— Moi ? Comment tu peux me parler de cette façon ?

— De quelle façon ? Et comment je devrais te parler ? Comme aux clients, c'est ça ? T'es pas mon client, t'es ma banque.

— On a été fiancées.

— Et alors ? Qu'est-ce que tu crois ? Je suis sortie avec toi parce que tu habitais tout près. Tu sais bien que je prends toujours mes femmes à Kallio, pour pouvoir les renvoyer chez elles au petit matin sans frais de taxi, et aussi pour les convoquer au milieu de la nuit. »

Je suis partie. Je suis rentrée chez moi, j'ai rassemblé tous le matériel relatif à Susanna et je suis allée le déposer chez Piki par la boîte aux lettres.

I've had enough.

J'ai laissé Susanna à Bossa.

Je lui ai laissé Piki.

Qu'elles s'en occupent.

Et Bossa, elle s'en est occupée. Bossa s'est occupée de tout, comme elle l'avait toujours fait.

V

At the age of thirty-seven she realised she'd never
Ride through Paris in a sports car with the warm wind in her hair.

Marianne Faithfull, *Ballad of Lucy Jordan*

Pendant le café du soir, Joonatan a prononcé en passant un nom qui m'a semblé familier. Enfin, si ce nom a frappé mon oreille et l'a rappelée par surprise à la vigilance, c'est qu'il devait m'être familier. Je n'ai pas trouvé tout de suite qui était l'homme en question, mais plus tard je m'en suis souvenue, de ce client qui voulait toujours des culottes rouges tachées de sperme. Au début, avec Piki, on avait essayé avec du blanc d'œuf ; mais quand le type était devenu un habitué, on avait décidé de lui en donner pour son argent, en demandant de temps en temps à Petrouchka de nous remplir une boîte à pellicule. Un bon client. Et une connaissance de Joonatan.

« C'est un vieil ami ?

— Avant qu'il soit en couple, on se voyait pas mal. On était dans la même classe. Ça fait un bail.

— C'est quel genre de mec ?

— Normal, quoi. Comment ça ?

— Ben j'ai quand même le droit de m'intéresser à ton entourage, non ?

— C'est pas souvent. »

J'ai mis fin à la conversation en accomplissant quelque chose que je me rappelais avoir jadis considéré comme un baiser.

Le lendemain, quand Joonatan est parti travailler, j'ai passé son appartement au peigne fin. Je ne manquerais pas de reconnaître un slip que j'aurais expédié. Je n'allais pas jusqu'à le soupçonner d'être un vieux client pour la simple raison qu'il y en avait un parmi ses connaissances ; mais en fait, je n'avais jamais envisagé cette éventualité. Or ça pouvait être le cas de n'importe quel homme que je croisais. Je n'aimais pas cette idée.

J'ai trouvé de vieilles cassettes audio et je les ai écoutées. À tout moment, j'appréhendais d'y entendre la voix de Piki. J'ai trouvé un slip de femme, mais il ne venait pas de moi. Pas de collants.

Après avoir examiné chaque pièce, je suis allée à la salle de bains, en emportant mes cigarettes, alors que Joonatan avait circonscrit la clope au périmètre de la cuisine. Est-ce que ce serait vraiment important, si Joonatan avait été un ancien client ? Non, mais je n'aurais pas voulu entendre la voix de Piki. Imaginer Joonatan en train de s'astiquer sur la voix de Piki, c'était une idée ridicule et oppressante, mais si grotesque qu'elle ne me sortait plus de la tête.

Le soir, j'ai évité toute proximité physique avec lui.

La semaine suivante, j'ai couché avec lui, puis j'ai pleuré ; il a trouvé cela très mignon, parce qu'il avait entendu dire qu'il arrive aux femmes de pleurer après l'orgasme.

J'étais incapable de coucher avec Joonatan sans lubrifiant. Je tâchais de gérer cela discrètement pour lui faire croire qu'il me faisait mouiller, alors que ça n'a jamais été le cas. Heureusement, côté mouille, il n'avait pas d'élément de comparaison, pas d'ex à l'aune de laquelle m'évaluer. Du coup, il gobait tout.

Piki n'aurait pas aimé que je me comporte comme ça.

Elle aurait dit que je faisais la pute pour de bon, là.

Et de fait, je faisais la pute.

Je faisais la pute pour pouvoir prendre un bain en paix, parce que c'était tout ce que je voulais faire à part fumer.

Je faisais la pute pour ne pas avoir à prendre de décisions, pour ne pas avoir à prendre autre chose qu'un bain, pour ne pas avoir à croiser les gens qui avaient fait partie de mon univers d'avant, et de celui de Piki. Pour ne pas avoir à remplir un seul papier de la sécu, rencontrer le moindre employé du bureau d'aide sociale, pour ne pas avoir à faire la queue à la boulangerie, si loin et si tôt que j'aurais crevé de faim avant d'arriver au bout de la file. Je faisais la pute pour ne jamais avoir à apposer ma signature. Je faisais la pute parce que j'étais insensible.

Je faisais la pute parce que Joonatan s'occupait de tout. Et que je n'avais rien d'autre à faire que de lui tailler une pipe à l'occasion, et même là il n'attendait de moi aucune initiative. Je faisais la pute pour ne pas avoir à me demander comment on peut avoir la moindre initiative. Car ce serait demander l'impossible.

Mais la semaine suivante, j'ai entendu la voix de Piki. Tout à coup. Pas sur une cassette, non. Elle m'a téléphoné.

« Allons picoler. »

Rire familier.

Comme si on ne s'était jamais séparées.

« C'est pas vraiment le bon moment, je ne suis pas seule. »

Je me suis surprise à sourire.

« Tu peux jamais, toi. »

Je continuais de sourire, sans répondre. La moindre syllabe prononcée par Piki éloignait Joonatan d'un grand coup de balai.

« C'est toujours aussi dur avec toi. »

Elle avait raison. Je n'ai jamais été du genre à sortir sur un coup de tête, on ne me faisait aller nulle part à l'improviste, et c'était d'ailleurs une source de problèmes dans notre relation. Il fallait que je me maquille, que je me peigne, que je fasse ma toilette, que je me douche. Ça prenait une heure. Souvent, Piki appelait quand j'étais en plein sommeil et elle demandait que je passe la prendre tout de suite. Il me fallait un certain temps pour me réveiller. Mais, le temps que je me prépare, elle pouvait avoir déjà changé d'avis. Alors ça me mettait en boule. Et Piki aussi. On se disputait.

Cela se répétait encore et toujours, selon le même schéma, alors qu'on en discutait en long, en large et en travers, et que l'on comprenait que chacune avait sa façon de faire. Mais comprendre ne changeait rien à l'histoire. Au final, on pleurait au téléphone.

Il était une heure du matin. Piki et moi, on trouvait que c'était une heure idéale pour se voir ; à mon sens, cela n'avait rien d'étrange, mais n'importe qui d'autre aurait trouvé cela bizarre, qu'une femme abandonne son compagnon au milieu de la nuit pour aller picoler chez une ex.

« Quoi, le gouvernement te laisse pas sortir ? Elle est pas finie, votre tambouille ? »

Quand Joonatan s'est endormi, je suis sortie. À chaque pas, les piques d'antan s'émoussaient dans la rue et se dissolvaient sous la pluie comme si elles n'avaient jamais existé. De même que les déceptions. Et les pleurs. Les bleus et la lame de couteau. J'entendais de loin, quelque part au-delà de la pluie, une décapotable blanche avec chauffeur qui m'attendait en bourdonnant, prête à partir, à rouler sous la pluie en direction d'une chaude brise d'été qui m'emmêlerait les cheveux comme les mains de Piki lorsqu'elle me désirait.

Piki avait fait des travaux dans son appartement, ce que je n'aurais jamais imaginé. Elle avait repeint tous les murs, les radiateurs, les plinthes et les portes. Évacué l'armoire disloquée. Remplacé le tapis qu'elle avait eu dix ans plus tôt en s'installant à Helsinki. Et surtout… elle avait jeté son plaid protecteur. J'aurais parié qu'elle l'avait caché au fond d'une armoire, mais elle m'a affirmé l'avoir bel et bien jeté à la poubelle, même si elle avait d'abord eu l'intention de le garder.

« Et je ne prends plus de médicaments.

— Quoi ?

— Oui. J'en ai pris pendant dix ans, et ça n'a servi strictement à rien. Je m'suis dit que je pourrais voir un peu à quoi ressemble le monde sans pilules.

— Et il ressemble à quoi ?

— Pareil. Enfin. Je suis allée nulle part depuis que j'ai arrêté les médicaments et que j'ai commencé les travaux. Et comme il y a ces sacs-poubelles sur les vitres à cause des travaux, je ne sais pas à quoi ça ressemble là-bas. J'ai la lumière allumée tout le temps.

— Tu pourrais les enlever de temps en temps, ces sacs-poubelles.

— De toute façon, après, il faudra les remettre.

— Moi je trouve ça très bien. J'veux dire, que tu aies osé arrêter les médicaments.

— Bon, de temps en temps je prends encore du Rivotril et du Xanax.

— Oui mais pas régulièrement.

— Qu'est-ce que tu fais debout ? Assieds-toi, bois un coup. »

Je me suis assise, j'ai pris le verre qu'elle me tendait et j'ai allumé une cigarette.

Piki a dit en grimaçant qu'elle devinait où était Barpi.

Barpi avait détalé pour se cacher dans les W-C dès qu'il avait entendu mes talons par la fenêtre ouverte. Il se cachait toujours quand j'étais là, depuis une soirée que j'avais inaugurée en faisant tomber par terre toutes les assiettes de l'égouttoir.

« Bon et à part ça ?

— Tu as vu des femmes ?

— Non, que des médiocres, et les médiocres j'en prends pas... Et j'suis pas allée dans les bars depuis deux mois. Aucune idée de ce qui s'y passe.

— C'est vrai ?

— C'est déjà arrivé, des périodes comme ça où je vais nulle part. Enfin, c'est vrai... J'ai personne avec qui sortir. »

Ça ne ressemblait pas à Piki, ce langage. Que s'était-il passé ?

« Tu t'rappelles quand je te charriais toujours parce que t'avais pas de vrais amis ? a-t-elle poursuivi. Ben maintenant c'est moi qui suis dans une situation où je n'ai même pas de potes. Bon, c'est de ma faute, hein. J'ai le répondeur allumé tout le temps, et je rappelle personne. Et les gens t'invitent pas indéfiniment à sortir si tu viens jamais. Y a deux semaines, Maria a appelé pour me proposer d'aller au Mama. Moi j'étais partante, j'ai dit ouais. Mais j'ai pas réussi à joindre Bossa. Elle répondait pas à mes messages, à mes appels, rien. Je pouvais pas sortir, moi, si j'avais pas de bière. Maria a rappelé et j'ai dit que j'étais en chemin pour le Mama, sur le départ. La troisième fois qu'elle a appelé, j'ai dit que je venais de commander un taxi. Après, j'ai écrit un SMS disant que j'étais à la porte du Mama. Et ensuite, je lui ai plus répondu.

— Pourquoi tu m'as pas appelée ?

— C'est ce que je viens de faire. »

There's nothing left to pretend.
Remember, you promised me.
I'm dying, I'm dying please.

« À part ça, quoi de neuf ?

— Y a jamais rien de neuf, chez moi.

— Enfin, sûrement quelque chose ?

— Je peux rien avoir de neuf, vu qu'il m'arrive rien.

— Mais dans ta tête, il se passe des choses, non ?

— Tu veux pas savoir ce qui se passe dans ma tête.

— Mais si.

— Non. En plus, je veux parler d'autre chose, raconte-moi des trucs. Ma tête les remue assez comme ça, ces affaires, elle a besoin de vacances le temps d'une anecdote. Allez, raconte.

— Je suis incapable de parler de tout et de rien quand je vois que tu vas mal.

— Parle d'autre chose ! Invente !

— Euh... Qu'est-ce qu'elle devient, Susanna ?

— Rien du tout. J'ai vraiment plus la force. »

Rock star, pop star, everybody dies!

« Ah bon. Et Maria, alors, comment elle va ?

— Je sais pas. Pas parlé avec elle.

— Ben, et Petrouchka ?

— Pas de nouvelles depuis des mois. Sans doute qu'il sort avec quelqu'un. Dans ces cas-là, il donne plus signe de vie. Ou alors il picole. Une fois, on devait se voir au Nounours Bar, mais il a dû tomber raide quelque part. »

Sur Bossa, je n'ai pas posé de questions.

« Euh, t'as lu des bons livres ?

— Non.

— Ou regardé des films ?

— Non.

— Ben des mauvais livres, alors ?

— Non.

— Des mauvais films ?

— Non.

— T'as bien dû faire quelque chose ?

— Ah ouais, moi ? T'es sérieuse ?

— Ben oui.

— J'ai essayé de dormir le plus possible. Dormir, dormir et dormir.

— Ben est-ce qu'il y a quelque chose que tu veux faire, en fait ?

— Bah non.

— Tu veux sûrement aller quelque part, voir des gens ?

— Pas franchement. J'ai rien à voir avec personne. J'ai rien à dire à personne. Rien à dire, vu que je vois personne, que je fais rien, que je vais nulle part.

— Alors on devrait peut-être aller quelque part et faire quelque chose ?

— Pourquoi ?

— Ben t'aurais de quoi parler.

— Mais je suis pas sûre de vouloir parler avec quelqu'un. À quoi bon ? »

Silence.

« Tu aimerais que je t'apporte de la nouvelle musique ? Je pourrais te graver des CD.

— Non. Bossa elle m'en grave. Comme celui de Courtney, là. Écoute :

I am so dumb.

Just beam me up.

I've had it all forever.

I've had enough.

— Je veux faire quelque chose.

— Ben tu peux faire tout ce qui te chante.

— Pour ton bien, je voulais dire.

— Écoute, j'ai pas besoin de ta bienfaisance.

— Ne le prends pas comme ça.

— Je vais pas déranger les gens davantage avec mes affaires. Bossa, c'est bien assez. Je veux pas être encore plus redevable. Comprends que tu peux rien faire ! »

Silence.

« On change de musique ? Lords ou Musta Paraati ?

— Je les écoute plus.

— Ah bon ?

— Tu te rappelles pas qui les écoutait tout le temps ?

— Marianne ?

— Alors t'es pas au courant.

— De quoi ?

— Elle est morte, Marianne. Et j'ose plus écouter Musta Paraati. Je suis pas allée à l'enterrement. Ils me haïssent tous. Personne ne me parle. Enfin, ils me parleraient peut-être. Mais je réponds pas. J'ai rien à répondre. Rien à dire. Rien à personne. J'ai rien à faire dans les bars, parce que je sais plus parler aux filles. Je vois pas quoi leur dire. Et j'en ai ras le bol de les écouter se demander ce que je fais toute la journée. Se demander comment je passe le temps. »

Piki s'était lancée dans les travaux à l'époque de l'enterrement.

« C'est chouette, hein ? elle a demandé.

— Oui, vraiment. Comment tu te sens, maintenant ?

— Pire qu'avant. J'y suis pas allée. »

Ce n'était pas le premier enterrement auquel Piki n'allait pas.

Elle n'était pas allée à celui de son meilleur ami, ni à bien d'autres ; les enterrements de séropos ne manquaient pas.

Le veuf s'est profondément offusqué, car il avait le même problème que Piki, ce qui ne l'avait pas empêché d'y aller, lui. Les autres veufs présumaient que Piki était de ces gens qui fuyaient la « peste gay », et ils lui tournaient le dos, après l'enterrement, quand ils la croisaient dans un bar.

« J'aurais dû leur expliquer que je n'étais pas capable. Mais je n'ai même pas envisagé d'en parler. J'ai préféré les laisser croire que je les évitais à cause du sida. Et je ne suis pas allée rendre une seule visite à l'hôpital. Et je n'ai jamais dit pourquoi. Je les ai laissés croire… »

Beaucoup de mes amis pensaient la même chose que le veuf du meilleur ami de Piki : elle aurait pu, si elle avait voulu. Les autres patients qui souffraient de troubles paniques agissaient comme Piki, ils se barricadaient chez eux, confiant les courses à leur femme ou à leur mari, cessant de travailler. Pourtant, tous disaient qu'on pouvait guérir. Et ils faisaient de leur mieux pour ne pas en revenir au même point.

Mais ils ne me racontaient pas ce qu'ils ressentaient.

Piki non plus.

Après cette soirée, il y en a eu de similaires. On parlait plus qu'on l'avait fait lorsqu'on était ensemble. On restait assises, on bavardait, on buvait du rhum et on fumait nuit après nuit. Bien sûr, que Piki veuille que je vienne tout de suite et que moi, comme par hasard, je sois prête à le faire sans qu'on ait même le temps de râler et de se disputer, c'était presque aussi compliqué qu'auparavant, mais pas impossible. On ne pleurait pas une seule fois entre le coup de fil et mon arrivée. On ne se raccrochait pas au nez. Peut-être qu'on avait moins les nerfs à fleur de peau. Ou qu'on avait trouvé un mode de communication équilibré. Je ne sais pas. Ou peut-être que j'étais moins désespérée pour Piki. Moins angoissée au sujet de notre relation et de notre avenir. Peut-être que c'était ça. Que je m'étais faite à l'idée qu'on pouvait vivre aussi de cette façon.

Je rentrais chez moi en titubant quand les balayeurs commençaient leur travail et que les premiers clochards s'attroupaient pour attendre l'ouverture des magasins. Parfois, comme avant, on continuait de parler au téléphone une fois que j'étais rentrée chez moi et que j'avais fait le café, on parlait jusqu'à ce qu'on ait assez sommeil pour s'endormir dans le bruit des balayeurs et des voitures sur la chaussée humide.

J'étais joyeuse, parce que nos conversations étaient redevenues pareilles à un vol éthéré de blanches colombes et de paisibles lambeaux de bleu dans le ciel, ce ciel qu'on ne voyait pas bien de chez elle. Elles étaient paisibles, oui, et les dents tranchantes de Piki ne sifflaient pas de mots incisifs à mon adresse.

Voilà comment elles auraient dû être depuis le début, nos conversations.

Alors peut-être…

Non.

Ces pensées sont vaines.

Ce qui est fait est fait.

Tromper, c'est tromper.

Mais Piki avait fait des travaux. Cette idée me faisait sourire. Ma poitrine était légère, et l'air dans mes poumons, clair comme un ruisseau de montagne, alors que c'était l'hiver, qu'il faisait sombre et que l'horloge sur l'étagère à épices de Piki était arrêtée, les aiguilles dans la même position chaque fois que j'y allais. Piki ne changeait plus les piles, alors que du temps de notre relation, cette horloge était toujours à l'heure.

Finalement, j'ai demandé :

« Et Bossa ? »

Piki n'avait pas parlé de Bossa, au cours de nos longues nuits aux relents de rhum, si ce n'est en passant.

« Quoi donc ? »

Sa voix se hérissait en petites dents de scie.

« Bah, rien. »

Très bien, ne parlons pas de Bossa, alors.

« Une femme de ménage. »

Piki voulait donc parler d'autre chose.

« Oui, on dirait que Bossa est une femme de ménage, aujourd'hui, pas une amie. »

Non, Piki ne voulait pas parler d'autre chose.

« On ne discute plus. On ne sort plus, on ne regarde plus de films ensemble, on ne joue plus aux cartes comme avant. Tout ce qu'on se dit au téléphone, c'est à quel moment elle passera et ce qu'elle doit rapporter du magasin. Quel jour il faudra récupérer les médicaments à la pharmacie. Elle ne m'apporte plus de livres de la bibliothèque. C'est vrai que ça ne changerait rien, vu que je n'ai plus la force de me concentrer pour lire. Avant, il lui arrivait de venir pendant mon sommeil, elle regardait une émission et elle s'endormait ; quand je me levais, je défaisais les sacs et je vaquais à mes occupations jusqu'à ce qu'elle se réveille, et puis on bavardait et elle rentrait chez elle. »

Bossa ne répondait pas aux appels de Piki ni à ses SMS pendant des jours.

Après un week-end de mutisme, Piki a rendu le double des clefs de Bossa. Elle avait essayé de téléphoner, laissé des messages vocaux et des SMS, mais Bossa n'avait pas répondu. Piki n'a eu de ses nouvelles que le mardi de la semaine suivante, quand elle est arrivée avec les sacs de provisions habituels comme si de rien n'était. Bossa n'a pas été déstabilisée par l'indignation de Piki, elle ne s'est pas mise en colère. Le visage inexpressif, elle a annoncé qu'elle avait dormi tout le week-end. Rien de plus extraordinaire. Piki a hurlé qu'elle s'était fait du souci, mais Bossa n'a pas réagi, elle a posé les sacs par terre et pris la poubelle pour la descendre.

« Tu te rends compte ?! J'étais sûre qu'il s'était passé quelque chose.

— Que veux-tu qu'il m'arrive ? Tu as du linge à laver ? »

Alors Piki lui a demandé de reprendre ses clefs. Elle ne voulait pas avoir à se demander s'il s'était passé quelque chose, s'il faudrait aller frapper à sa porte, rester éveillée et attendre de recevoir ne serait-ce qu'un message – un mot, une syllabe suffirait –, et tout cela chaque fois qu'elle serait sans nouvelles pendant des jours.

Bossa a repris ses clefs. Et elle n'a rien dit.

« Il s'est passé quelque chose de spécial ?

— Qu'est-ce que j'en sais ? Elle ne m'a jamais vraiment parlé de ses affaires, Bossa. Elle parle de son travail et de ses collègues, mais pas d'elle-même.

— Pas bête.

— Peut-être qu'il ne s'est rien passé de spécial. Peut-être qu'elle est juste fatiguée. C'est ce qu'elle disait cet hiver. Elle a carrément failli arrêter de venir. Je comprends bien. Alors on s'est entendues pour qu'elle ne vienne qu'une fois par semaine. Je n'ai pas réclamé plus que ça, mais ce n'est pas pratique : je ne peux pas savoir ce qui va se passer pendant la semaine. Ça me dégoûte, de dépendre d'elle quand je veux faire quelque chose. À moins que l'idée vienne d'elle. Je ne veux pas faire la manche. Ma tête n'en peut plus. La sienne non plus, sûrement. C'est pas que ça m'amuse, mais au moins je pourrais un peu planifier ce que je fais, quoi.

— Mais le lait de la semaine, c'est pas possible de l'apporter en une fois.

— Ben le lait j'en bois plus, voilà. »

C'est donc pour ça qu'elle avait maigri.

« Manger aussi, je peux m'en priver pendant quelques jours, et ensuite je bouffe comme une bête après son passage. Tout le temps à me demander ce que je peux me permettre de manger, à tout rationner. Pour qu'il m'en reste assez si jamais elle ne vient pas. Putain, que c'est humiliant ! Je comprends pas. Pour mon anniversaire, elle m'a acheté des cadeaux, elle était de superbonne humeur, et maintenant elle me cause plus. »

Piki souffre donc de la faim.

« C'est pas bon pour ta chimie cérébrale, de rester longtemps sans manger.

— Ouais, je sais. Rythme de vie régulier blablabla. Là ça ne marche vraiment pas.

— Et si on faisait comme ça : je m'occupe d'une deuxième livraison par semaine ? Régulièrement, donc.

— Merci, mais non merci, ne faisons pas ça. Je ne veux pas qu'entre toi et moi ça tourne de la même façon. Et je ne veux pas être dépendante de toi aussi.

Sérieusement. Il vaut mieux que je puisse te demander un service à l'occasion sans formalités, je trouve ça plus normal.

— Bon et alors si je t'envoie des messages en te demandant si t'as besoin de quelque chose, chaque fois que je vais faire des courses ? Enfin, tu habites au coin de la rue.

— Un juste milieu, ce sera top. Mais n'en fais pas un flan. »

Bossa a envoyé un message : *Réveillée ? Je pourrais faire des courses…*

Piki n'a pas répondu. Elle essayait d'appeler depuis trois jours, elle avait envoyé des SMS, mais Bossa n'avait pas réagi.

Maintenant, voici qu'elle répondait, et elle répondait si gentiment que cela rendait Piki incapable de crier ou de se mettre en colère.

Quelques heures plus tard, Bossa a déclaré qu'elle allait chez ses parents. Concrètement, ça voulait encore dire qu'elle n'avait plus le temps de faire les courses.

J'ai demandé pourquoi elles ne s'entendaient pas sur des horaires ou des jours réguliers.

Il paraît que ça ne marchait pas. Bossa pouvait être réellement fatiguée au moment convenu, par exemple, ou vouloir planifier autre chose à l'heure dite. Pour rien au monde Piki ne voulait la forcer.

Et si Piki était en train de dormir au moment où Bossa l'informait qu'elle était prête à aller faire les courses ?

« Alors ce jour-là je n'ai pas de provisions, et je ne peux pas savoir quand sera la prochaine fois.

— Pourquoi elle n'appelle pas ? Tu lui en voudrais pas, si elle te réveillait ?

— Oh non. Mais ça ne marche pas. Ça ne marche pas.

— Pourquoi ?

— Ça ne marche pas, c'est tout. »

Le lendemain, quand je suis rentrée chez moi en traversant la cage d'escalier aux arômes de journaux tout frais et de cafés du matin, j'ai fondu en larmes. Je n'ai pas répondu quand Piki a téléphoné pour notre conversation matinale, à laquelle on se livrait souvent après une nuit arrosée au rhum.

Elle ne pouvait pas se comporter de cette façon, Bossa. On ne peut pas affamer un être humain.

Et aussi extravagant que cela paraisse, j'ai remarqué que je n'en voulais plus à Bossa.

Je ne haïssais plus Bossa.

Ma surprise était telle que je me suis trouvée à court de larmes.

J'étais terriblement désolée pour nous toutes.

J'étais fatiguée.

Piki était fatiguée.

Bossa était fatiguée.

Nous tombions toutes de fatigue.

À tel point que Bossa risquait de laisser Piki et les chats sans nourriture pendant peut-être un mois. Je le savais. À tel point que Piki, quoi qu'il arrive, ne franchirait pas la porte de chez elle pour aller faire des courses. Même si elle était encore capable de se lever. Juste assez pour verser l'eau des chats.

Mais au fait, comment Piki aurait-elle pu aller faire des courses, quand c'était Bossa qui avait les cartes et l'argent ?

Et Piki ne l'appellerait pas à l'aide. Ce serait trop humiliant.

« On va pas se casser la tête. »

Voilà ce que dirait encore Piki.

Je devais donc agir seule.

Je commencerais par appeler Piki chaque fois que j'irais faire mes courses, je lui dirais que je suis en chemin pour la bibliothèque et que je vais donc passer devant chez elle et par le magasin. Je lui déposerais quelque chose en chemin.

J'ai pris des rendez-vous chez un hypnologue, une voyante – pour moi, celle-ci – et un magnétiseur. Un acupuncteur. Il fallait expérimenter ça. Il faudrait trouver de l'argent. Je me sentais courageuse, car j'avais agi sans la permission de Piki.

« Je t'ai pris quelques rendez-vous.

— Quels rendez-vous ? J'ai pas les moyens.

— Je paierai.

— Non.

— Si.

— Avec quoi ?

— Je trouverai quelque chose.

— Ça marchera pas.

— Pourquoi ? On a toujours trouvé quelque chose.

— Hé, ne parlons pas de ça maintenant. J'ai pas la force de me disputer. Raconte-moi un truc.

— Je veux pas te raconter de trucs, je veux parler de ça ! »

Clic.

J'ai rappelé.

J'ai parlé d'autre chose.

Mais ça ne se passait pas trop mal. Piki ne me laissait pas tomber, alors que je m'immisçais grossièrement dans ses affaires. Plus grossièrement que jamais : avant, je n'osais pas. Elle a répondu quand j'ai rappelé, elle a même répondu tout de suite, sans laisser passer plusieurs sonneries. C'était un progrès, pour toutes les deux. Au fur et à mesure que les rendez-vous arrivaient et qu'elle refusait de s'y rendre, je répétais qu'on trouverait une source de revenus. Je répétais mes pensées optimistes, je répétais que j'y croyais, et j'y croyais toujours après plusieurs années. Elle avait accepté de parler ! Elle m'offrait la possibilité de comprendre !

Je faisais des projets, tout en calculant les sommes nécessaires. Je m'initiais à diverses formes de thérapie, et je me rendais compte que Piki, depuis le début, avait reçu de mauvais soins. Je n'ai pas exposé tout de suite ce que j'avais derrière la tête ni ce que je comptais faire, j'assenais plutôt mes informations sur les différentes thérapies possibles. J'ai pu étayer mes projets quand quelqu'un du centre psychiatrique a fini par se réveiller et que Piki a été envoyée se faire soigner à Malmi, où ils ont vraiment commencé à découvrir de quoi il était question.

Dans le temps, il lui avait fallu cinq ans avant d'entrer en thérapie, et l'objectif du traitement était alors de découvrir ce qui était allé de travers dans son enfance, alors qu'elle aurait eu besoin d'une brève thérapie cognitive dès le début, et de quelqu'un qui lui aurait dit tout de suite que Bossa ne devait pas aller faire les courses à sa place. Mais tout ce qu'elle a reçu comme aide, à l'époque, c'était un congé maladie et un tas de médicaments, bien sûr, d'emblée des benzos et du Prozac, que le charlatan du centre de soins lui a prescrit avec un stylo Prozac, en tripotant un bloc-notes Prozac, un porte-clefs Prozac tintant autour du cou.

Pour l'argent, on allait encore devoir recourir à Susanna. Si on s'affairait pour de bon, Susanna s'occuperait de tout. Il ne restait qu'à persuader Piki. Maintenant qu'elle avait baissé la garde au point de parler avec moi de sujets qu'elle avait toujours refusé d'aborder, tout était possible. En définitive.

Décidée à suggérer la résurrection de Susanna avec de nouveaux moyens et de nouvelles forces, je suis allée chez Piki armée de bouteilles de rhum.

La fenêtre était ouverte, comme toujours. Les rideaux noirs flottaient. Piki avait affiché un calendrier sur la porte de l'armoire. J'ai préparé les boissons comme de coutume et les ai apportées sur la table.

« J'ai pas de vie. Je crois que ça va encore très mal. J'ai peur. »

Quoi encore ? Qu'est-ce qu'elle racontait ?

« Putain, ça sert à rien. »

D'accord, mais qu'est-ce qui s'était passé ? Car il s'était passé quelque chose, non ?

« Piki, il s'est passé quelque chose ?

— Moi il m'est rien arrivé. Je rate ma vie. Prisonnière dans cette putain de cellule.

— Tu n'as jamais parlé de cette façon.

— Ah ouais ? De l'état des choses ? Eh ben elles sont comme ça. J'ai pas passé cette porte de toute l'année. Je me rappelle même pas quand c'était la dernière fois, sûrement vers octobre, et maintenant on est en décembre.

— Soit. Tu pourrais envisager de te promener un peu ?

— Je pourrais envisager tout et n'importe quoi. »

Rien ne se déroulait comme je l'avais prévu. Piki n'aurait pas dû parler ainsi. Tout était possible, à présent.

« Bon, comment te raisonner ? »

Qu'est-ce qui avait bien pu se passer ?

« J'ai trente-quatre ans et j'ai raté ma vie depuis des années. Ça a pas de sens, hein ?

— Non. Mais maintenant tout est…

— Je ne sais plus ce que je voudrais faire.

— Te promener un peu ? Même ?

— Pour aller où ?

— Dehors.

— Et revenir ici ?

— Et ressortir. Y a pas mal de gens qui vivent comme ça : ils sortent de chez eux et ils rentrent.

— Je veux pas traîner là-bas toute seule sans rien à faire.

— Je peux sortir avec toi.

— Quels poisons de merde il faudrait que j'ingère pour mettre fin à cette angoisse ? Putain, comment j'en suis arrivée là ? Des fois, je me réveille lucide. Le reste du temps, je suis comme dans le coma. Ou bien c'est se tromper soi-même, si on évite de penser ? Vise un peu, ça fait huit ans que je n'ai pas vu le soleil. Enfin, la lumière du jour, oui, par la fenêtre, mais je n'ai jamais le soleil direct à l'intérieur, et je ne sors que la nuit. Enfin non, quand j'étais en thérapie, j'allais chez le thérapeute, et il arrivait que le soleil brille. Parfois je m'asseyais dans le parc, en revenant. Je lisais un livre. Il y a cette bouquinerie, à côté, je m'arrêtais acheter un poche et j'allais le lire dans le parc. L'odeur des bouquineries, elle me manque. Mais ce qui me manque le plus, c'est les moments où il fait moins quinze ou moins vingt, cet éclat particulier du soleil et la neige qui crisse sous les chaussures comme elle le fait quand il gèle. Alors, quand on va à la bibliothèque, tout est silencieux, peut-être qu'on entend de petits bruits, des feuillets frottés, des voix assourdies, des chuchotements, et on peut s'y promener toute la matinée, parmi les étagères pleines et les allées vides. Dans l'odeur de la bibliothèque. »

Piki déglutit à chaque occurrence du mot *bibliothèque*. Sa petite voix.

« Mais tous les soirs, couchée là, je me demande quel serait le meilleur moyen, et le plus sûr. Ça me semble assez infaillible, d'avaler tous les comprimés que je trouverai, de me mettre un sac en plastique sur la tête et de le scotcher pour être sûre de m'étouffer dans mon vomi. Je n'ai pas l'embarras du choix. J'ai essayé tous les médicaments. Les blessures qu'on ne voit pas, elles sont difficiles à panser. Une enfant adulte. Une vieille dame jeune. Une tétraplégique ambulante. N'importe quoi, ça vaudrait mieux. Je n'ai plus la force d'espérer, d'attendre et d'être encore déçue. Ma tête n'en peut plus. Je préfère m'insensibiliser pour de bon. Tu sais à quand ça remonte, la dernière fois que j'ai entendu une voix humaine ? Une semaine. Tu te rends compte, une semaine !

— Tu te rappelles ce qu'ils ont dit à propos de l'âge et de ces problèmes ? Que presque tout le monde voit ses symptômes s'apaiser après trente-cinq ans. Pour l'âge, tu seras bientôt tirée d'affaire. Tout peut rentrer dans l'ordre. Ces nouveaux médicaments, ils font des miracles ! Tu t'en rends compte toi-même ! Et pour l'hypnose, on va se faire des sous. C'est pas du tout désespéré.

— Mon trésor, arrête.

— Mais puisque tous les signes s'accordent pour dire qu'on est à mi-chemin de la victoire.

— Hé, maintenant stop, sérieusement. »

Je ravale mes larmes. Tout peut s'arranger. Et j'y crois tout autrement qu'avant. Maintenant, j'en suis convaincue. Pourquoi tu ne t'en rends pas compte, imbécile !

« Même si tout le reste allait à la perfection, je ne pourrais plus réintégrer la société, après ces dix dernières années. Personne ne m'embaucherait ailleurs qu'au rayon légumes.

— Tu es loin d'être un légume.

— Soit. Mais dans ce monde, je n'ai plus d'autre place que celle d'un légume.

— J'suis pas d'accord.

— Tout est derrière moi. Je le vois bien depuis un bout de temps. Depuis que le Zoloft commence à faire plus ou moins d'effet. Ah ouais, j'obtiendrai facilement une pension d'invalidité, pas besoin de me faire du souci question travail. Mais tout le reste… Et puis, mon trésor, ça ne se passera jamais entre nous comme avec Bossa. Je ne le permettrai pas. Écoute un peu cette voix… »

At the age of thirty-seven she realised she'd never
Ride through Paris in a sports car with the warm wind in her hair.
So she let the phone keep ringing and she sang the softly singing
Little nursery rhymes she'd memorized in her daddy's easy chair.

Her husband, he's off to work and the kids are off to school,
And there are, oh, so many ways for her to spend the day.
She could clean the house for hours or rearrange the flowers
Or run naked through the shady street screaming all the way.

La voix de Piki se mêle aux sons éraillés de celle de Faithfull.

« On peut écouter autre chose, si tu veux.

— Ça va.

— J'ai pas écouté grand-chose d'autre, ces derniers temps. Juste la *Ballad of Lucy Jordan.* »

Piki avait les yeux fixés sur l'écran noir de la télé.

« Et je fais des rêves si doux, ces temps-ci, que je voudrais ne faire que dormir. Si c'est pas malheureux... Peut-être un peu. »

The evening sun touched gently on the eyes of
Lucy Jordan
On the roof top where she climbed when all the
laughter grew too loud.
And she bowed and curtsied to the man who reached and offered her his hand,
And he led her down to the long white car that
waited past the crowd.

« Tu te rappelles ce que tu m'as promis de faire, une fois ? »

Les cendres de ma cigarette tombent sur la table à côté du cendrier.

« Non. »

Je ne la regarde pas en face.

« Mais si. C'est la seule promesse que je t'aie demandée. Et maintenant, il est temps. »

Je me penche pour épousseter la table.

« Non. »

Je racle de l'ongle les cendres dans les fissures de la table.

« C'est moi qui décide quand il est temps. »

À quel moment la table est-elle devenue grise ?

« Tout est beaucoup mieux, maintenant. Les nouveaux médicaments qui font déjà plus ou moins d'effet. L'hypnose... Et l'âge ! »

J'ai la bouche presque collée à la table, et tout le corps qui bourdonne.

« C'est le moment. Je ne veux même plus de femmes. Ni de liaisons. »

Je gratte les cendres du plateau de la table. Une goutte y tombe du bout de mon nez. À moins qu'elle vienne de mon œil. Je l'étale avec les doigts et j'essuie la table avec ma manche.

« Mais les chats… personne d'autre ne saura s'occuper de Kasperi. »

Ma voix sonne creux, on dirait qu'elle vient d'une maison vide, et que je ne suis pas dans cette maison vide mais quelque part très loin.

« Kasperi est tellement vieux qu'il me suivra. »

Le rideau noir se balance dans le vent.

Sur le palier, la porte de l'ascenseur s'ouvre et se ferme.

Je cligne des yeux.

« Je n'aurai pas eu le temps d'avoir ces rides que je voulais aux yeux. Et toi tu en as déjà, alors que tu es plus jeune. »

J'avais promis.

« Je ne veux pas grand-chose sinon que tu sois auprès de moi. Pour m'assurer que tout se passera bien.

— Et si ce n'est pas le cas ?

— Je me suis renseignée. Il faut prendre les médicaments avec du lait. Avec de l'alcool, l'organisme les rejette, et le vomissement vient tout gâcher. Cela peut provoquer une paralysie – il ne manquerait plus que ça, que je finisse paraplégique. Les médicaments avec du lait, et un sac sur la tête. Alors on tombe dans le coma et on ne voit plus que de belles hallucinations avant d'étouffer gentiment.

— Tu t'es renseignée.

— J'me suis renseignée.

— Mais si quelque chose tourne mal ?

— Mais non. Et toi, il ne t'arrivera rien. La complicité de suicide, c'est pas un crime. C'est pas condamné.

— Tu t'es renseignée. Bossa est au courant ?

— Pourquoi elle devrait être au courant ? Bien sûr que non. Ce sera son plus grand soulagement. Tu auras juste à t'occuper des chats. Quant à la date, ce sera le 30. Je n'ai plus la force d'affronter une nouvelle année. Il reste trois semaines.

— Je ne sais pas quoi dire.

— Ne dis rien. »

At the age of thirty-seven she knew she'd found forever
As she rode along through Paris with the warm wind in her hair...

La caille était enrobée d'amandes et de safran. Ses os étaient si petits et nombreux que j'avais du mal à manger, comme si j'avais tout le temps des arêtes de poisson en travers de la gorge. Des trois semaines restantes, la première était passée. Joonatan mangeait du sanglier de bon appétit, et il avait des projets de croisière en Méditerranée avec ses amis. J'avais déjà annoncé que je ne les accompagnerais pas. Mais j'avais hâte qu'ils partent, parce que je savais qu'ensuite je pourrais rester au lit toute la semaine. Ce n'est que la veille du retour de Joonatan que je ramasserais le courrier dans l'entrée, j'appliquerais Issima de Guerlain sur mon visage, des glaçons pour décongestionner mes yeux enflés, et je m'en remettrais à Blasco pour le reste. Je vérifierais qu'il n'y ait pas de cendres et de mégots autour du lit ou sur les draps. Il faudrait les éliminer sans tarder.

« La Méditerranée, ça te ferait du bien. »

Joonatan s'adressait à moi.

Tout le monde a tourné les yeux dans ma direction.

« Je vais très bien, ici. »

Le regard de Joonatan s'est figé un moment, puis il a saisi son verre de vin, et s'est étonné de ce qu'il avait entendu dire au sujet d'une vieille connaissance de son ancien travail :

« … et puis il n'est plus venu travailler. Mais le plus bizarre, c'est ce que j'ai entendu sur son ex-femme. Ça faisait six mois qu'elle partait tous les matins comme d'habitude, sauf qu'elle n'arrivait jamais au travail. Et elle rentrait toujours à la même heure le soir, comme si elle avait été au boulot. Qu'est-ce qu'elle faisait toute la journée ?

— Elle lisait les journaux à la bibliothèque.

— Quoi ? »

J'avais ouvert la bouche pour la deuxième fois de la soirée. Sans faire exprès. Je n'avais pas l'intention de dire ça. Mais comme ils parlaient tous d'un sujet sur lequel j'avais mon grain de sel à apporter, ça m'a échappé. Claire et tranchante, ma voix était presque un cri.

La femme dont j'ai oublié le nom et qui était assise en face de Joonatan s'est hasardée à rire. La copine taciturne de Joonatan avait-elle fait une blague ? Ou essayait-elle de prendre part à la conversation ?

Joonatan a tenté de poursuivre son histoire en détournant la tête :

« Eh bien oui, peut-être qu'elle lisait des journaux à la bibliothèque.

— À la bibliothèque de Kallio, j'ai ajouté.

— Tu l'as vue là-bas ? m'a demandé la voisine de Joonatan.

— Non. Je ne sais même pas à quoi elle ressemble.

— Uffe habite à Töölö, qu'est-ce qu'elle irait faire à la bibliothèque de Kallio ?

— Elle ne risquerait pas de vous y rencontrer. En journée, au rayon des périodiques, elle ne tomberait que sur des chômeurs et des semi-alcooliques. Bien sûr qu'elle va là-bas.

— Mon trésor, tu ne connais pas Uffe, si ?

— Peut-être qu'elle souffrait de trouble panique.

— De quoi ?

— Peut-être qu'un beau jour elle n'a pas pu ouvrir la porte de son travail. Plus jamais. Et puis elle est partie se promener, elle s'est promenée dehors toute la journée, le grand air lui a fait du bien, et le lendemain elle a fait la même chose, et puis un jour elle s'est retrouvée au rayon des périodiques de la bibliothèque de Kallio et elle a remarqué qu'elle pouvait y rester assise en paix toute la journée sans que personne s'en étonne ; si elle avait une crise, elle pouvait respirer tranquillement dans un sac en papier derrière son journal sans que personne s'en étonne.

— De quoi parles-tu, mon trésor ?

— Respirer dans un sac en papier, ça aide, quand on fait une crise de panique.

— Mon trésor, Uffe a toute sa tête.

— Bien sûr. Je ne dis pas le contraire. »

Les amis de Joonatan étaient embarrassés.

La voisine de Joonatan est venue à leur secours :

« Et si on commandait un vin de dessert ?

— Et pour nous, une autre bière ! »

Les serviettes s'entortillent sur les genoux.

Bientôt une conversation serait lancée, à laquelle chacun prendrait part en débutant sa phrase par

« Nous au boulot », « Nous à la maison », « Mon mari » ou « Ma femme ». Moi je n'aurais rien à dire. Et je ne voulais pas y participer, à cette conversation. Je voulais prendre un bain. Dans une mousse qui formerait une enveloppe protectrice, comme du papier bulle, contre tous ces hétéros.

Ou aller chez Piki. Il restait si peu de temps. Mais elle avait dit qu'elle ne voulait pas me voir tous les jours. Une fois par semaine, éventuellement. Et des semaines, il n'en restait plus que deux.

Je me débattais toujours avec ma caille. Elle n'était guère plus grosse que l'oiseau que Bossa avait apporté à Piki. Il était dans un sac en papier parmi les autres provisions, si bien que Piki ne l'avait pas remarqué tout de suite. Elle l'avait pris pour un sachet de petits pains. Elle avait cru que Bossa, dérogeant à son habitude, avait apporté quelques pains au détail. Elle l'avait rangé dans le placard sans y prêter attention. Le lendemain, elle a enfoncé la main dans le sachet, elle en a extrait le contenu, et c'est alors qu'elle a compris ce qu'elle tenait à la main. Un petit oiseau mort.

Bossa lui a dit qu'elle l'avait oublié. Elle était tombée sur un oiseau mort dans l'escalier et elle ne voulait pas le laisser là, alors elle l'avait mis dans un sachet en papier dans l'intention de l'apporter ailleurs. Et elle l'avait déposé dans les provisions de Piki parce qu'elle ne pouvait pas le porter séparément à cause de la quantité de sacs.

« L'oiseau était en piteux état, m'a dit Piki. Il avait des trous dans la gorge et les ailes à moitié arrachées. »

Elle ne savait pas qu'en faire, ne pouvant pas l'apporter dehors. Elle m'a appelée. Je suis venue pour l'en débarrasser. Elle l'avait d'abord enroulé dans du papier et dans un journal, pour m'épargner la peine de le voir.

« J'ai failli le jeter par la fenêtre, mais ça aurait intrigué les chats. Ils n'auraient pas tardé à se jeter dessus. »

Quand je suis revenue sans l'oiseau, Piki a dit :

« Ça sent le mort, ici. »

Après la nuit de Lucy Jordan, je suis passée au « moyen efficace contre le vieillissement ».

I've got pills 'cause I feel more than twenty-one.

Après cette nuit-là, j'avais plus de vingt et un ans, plus de vingt-cinq, plus de trente, plus de trente-cinq. En une nuit, je suis passée aux produits de soin de la peau des plus de trente-cinq ans. Leur effet m'a impressionnée. Même si j'avais les yeux ô combien tuméfiés, même si les commissures des lèvres dégringolaient tout le temps, ces remèdes ramenaient presque mes cernes à un niveau normal, et je pouvais toujours cacher la rougeur des yeux avec du collyre. Quant à la ride au coin des lèvres, qui s'était approfondie, je pouvais l'atténuer sans peine.

J'ai continué la routine des jours et des nuits chez Joonatan après la nuit de Lucy Jordan, j'ai continué jusqu'au bout, à quelques exceptions près. En plus des produits de soin pour la peau des plus de trente-cinq ans, je prenais davantage de bains.

Depuis que je connaissais Joonatan, j'avais l'habitude de prendre de longs bains chez lui ; mais après cette nuit-là, leur durée a doublé. Et le lendemain de cette nuit-là, de la nuit de Lucy Jordan, j'ai oublié pour la première fois de sortir du bain avant que Joonatan rentre du travail.

Un bruit de porte. Une voix au loin.

Joonatan ?

Je me suis assise dans la baignoire.

Joonatan est venu à la porte.

« Déjà au bain ? »

Je l'ai regardé. Je ne pensais plus à son retour.

Il a remué la main dans l'eau.

« Mais elle est froide. »

Ah bon ?

La voix de Courtney était proche, même si elle venait des enceintes du séjour.

I'm so dumb.

Il ne comprenait pas pourquoi il fallait écouter tout le temps Courtney.

J'avais écouté Courtney toutes ces semaines ?

Oui. Je mettais Courtney depuis que j'avais recommencé à voir Piki.

J'ai dit quelque chose que je n'aurais sans doute pas dû dire, à en croire la tête de Joonatan qui m'a regardée comme une folle :

« Courtney est veuve.

— Et c'est une raison pour qu'on n'écoute qu'elle, ici ? »

J'aurais mieux fait de me taire.

Me taire était préférable. Parce que la voix de chaque personne me faisait penser, par sa laideur, à la beauté de celle de Piki. J'aimais mieux écouter de la musique.

I've had enough.

Ma voix aussi, elle était laide. Il lui manquait la cannelle, la cardamome et le chant du merle noir. Il lui manquait les mots à la douceur de cerise, avec tous les tons de rouge. Il lui manquait les couleurs. Je ne voulais pas entendre ma voix comme ça. Il valait mieux me taire. Et écouter Courtney.

I've got pills!

I've got pills 'cause you're dead!

Quand j'ai emménagé chez Joonatan au lieu de n'y passer que des week-ends prolongés jusqu'au milieu de la semaine, il a fallu quelques jours avant qu'arrive le coup de fil dont je savais qu'il arriverait, dont je ne voulais pas qu'il arrive, et auquel je ne voulais même pas répondre. Ce ne serait pas Piki. Ni un vieux client. Mais il fallait que j'y aille, puisque Joonatan criait qu'on me demandait au téléphone.

I've got no place left to climb.

J'y suis allée et j'ai pris le combiné.

Remember, you promised me.

La voix qui sortait de l'écouteur ne m'a pas plu. C'était une copine de Piki.

Remember, you promised me.

Je me suis concentrée sur les mots qui sortaient de l'écouteur comme si c'était une simple voix. Une alternance de graves et d'aigus. Mais cette voix était si laide qu'on ne pouvait pas l'assimiler à de la musique. Elle était étouffée, et elle m'écorchait les oreilles, elle les perçait pour descendre me lacérer la poitrine. Je me suis focalisée sur le couloir d'entrée. Si fort que je n'entendais plus la voix. Les poubelles.

Le tapis. Il faudrait le brosser. Descendre les poubelles. Et les packs de lait. Racheter du lait. Pour le café. Le piment de Cayenne sur l'étagère, il date d'au moins dix ans. Ça aussi, il faudrait en racheter.

Remember, you promised me.

La peinture du rebord de fenêtre était écaillée, comme une ligne blanche dans la paume de la main.

I'm dying. I'm dying please.

Le vernis jaune de mes ongles de pied était écaillé.

Les plinthes aussi avaient des écaillures, comme les cheveux de Courtney.

Ou bien était-ce une fissure ?

On a raccroché.

Je suis allée prendre un bain.

I want to. I need to be
Under your skin.

Tout s'était déroulé comme il fallait. Enfin, c'est ce que j'ai cru après le coup de fil que j'avais reçu.

Dans un sens, j'avais caressé l'espoir que ça échouerait quelque part.

Mais on avait trouvé le corps, et les chats étaient à l'abri.

Au Nouvel An, j'ai annoncé à Joonatan que j'emménageais chez lui. Au lendemain de la nuit chez Piki où j'avais écouté pour la dernière fois la ballade de Lucy Jordan, et les voix alternées de Piki et Faithfull. Ou peut-être que je m'étais enfuie. D'abord j'étais rentrée chez moi en courant. Mais j'étais restée désemparée. Incapable de préparer des bagages. Je m'étais assise sur le canapé pour fumer des cigarettes. Il fallait attendre quelques heures avant d'apporter la lettre de Piki chez Bossa. Quelques heures suffiraient, c'est ce que Piki avait dit. La poste, pour la lettre, ce serait trop lent. Avec le Nouvel An au milieu, elle arriverait trop tard.

Quand l'horloge a indiqué qu'assez de temps s'était écoulé, j'ai enfilé ma veste d'hiver et je suis allée glisser la lettre dans la boîte de Bossa. J'ai d'abord vérifié que j'entendais des bruits derrière la porte. Elle était chez elle. Elle ne tarderait pas à lire la lettre, et les chats seraient bientôt en sécurité. Parfait. Bossa avait envoyé des messages à Piki quelques heures plus tôt, ce qui m'avait laissée penser qu'elle était réveillée :

« Elle voudrait apporter le linge maintenant. Tu parles… je l'attends depuis des lustres.

— Tu vas répondre ?

— Bien sûr que non. »

Après avoir déposé la lettre, je suis partie en courant. Chez Joonatan. Je suis arrivée dans les mêmes vêtements avec lesquels j'avais quitté Piki la veille au soir, les mêmes ailes de papillon de nuit, et je n'en avais pas d'autres, je n'avais rien emporté de chez moi – sauf mes clefs, je ne les avais pas laissées, encore que j'aurais pu, ça m'était passé par la tête. Tous mes habits étant couverts de poils de chat, je n'en voulais pas non plus. Je trouvais aussi des poils entre les pages des livres. Donc idem pour les livres. Et puis, je voulais tout bêtement m'échapper de chez moi. Ce qui m'a conduite à la porte de Joonatan. J'ai appuyé sur la sonnette. Il allait partir au travail. Je suis entrée. Il est sorti. J'ai fait du café. J'ai fumé. J'ai mis Courtney.

I am so dumb.

J'ai tourné en rond dans l'appartement. J'ai fait couler un bain. Je me suis déshabillée. J'ai encore bu du café. J'ai encore fumé.

You leave with everything.

You leave with everything.

J'ai dit que je m'étais fait expulser. Que le propriétaire avait décidé de vendre l'appartement. Joonatan aimait bien l'idée que je sois en train de l'attendre à la maison pendant qu'il était au travail. Ça l'arrangeait bien, que je sois chez lui. Je n'aurais plus jamais à retourner dans mon appartement, ni même dans Kallio, ni à trouver un seul poil de chat collé à mes cils ou à me réveiller en éternuant.

No, I know, no tomorrow.

Je n'aurais plus jamais à aller au magasin où j'achetais à manger à Piki, ni à l'Alko où je lui achetais du rhum. Je n'aurais plus jamais à courir dans la rue par laquelle j'allais chez elle à toute heure du jour et de la nuit. Et je ne voulais plus jamais sentir l'odeur de café qui émanait des usines Meira le matin jusqu'à nous, moi à ma fenêtre, Piki à la sienne, chacune chez soi.

Les bouteilles de mousseux achetées par Joonatan pour le Nouvel An étaient sur la table.

Le feu d'artifice illuminerait le ciel pendant toutes les festivités. Et les chats seraient en sécurité, ils ne risquaient pas d'être livrés à eux-mêmes, effrayés par les fusées.

J'ai mis un Valium sous ma langue, je l'ai laissé dissoudre son amertume et recroqueviller ma douleur en une poudre propre et nette.

I've got pills 'cause you're dead!

Mais les choses ne se sont pas passées comme il fallait. Les choses se passent rarement comme on l'espère.

Quand je suis sortie de chez Piki, tout s'était déroulé selon ses désirs.

Elle était restée couchée sur le canapé, où cela devait avoir lieu.

Elle voulait que cela ait lieu sur le canapé de son oncle. Ce canapé sur lequel elle était restée couchée pendant dix ans. Ce même canapé sur lequel elle était étendue quand je lui avais jeté dessus une tasse de café – ça s'était passé des années avant les travaux, lorsqu'on était encore ensemble et que je m'inquiétais pour nous, pour elle, et parce que je ne comprenais pas. Elle avait dit :

« Putain j'arrive pas à dormir pourtant j'ai la tête comme une enclume. »

Et moi je lui avais jeté dessus une tasse de café, qui s'était brisée sur le mur. Elle n'avait rien dit, elle s'était contentée d'essuyer la tache humide, qui était devenue blanche comme neige, le reste du mur toujours jauni par la nicotine. Après, elle s'était recouchée dans sa position habituelle en s'appuyant à l'accoudoir. Autour du canapé de son oncle, tout était plus jaune et, par conséquent, plus vieux qu'ailleurs. Car c'était là qu'elle passait la plupart de son temps. Elle y roulait ses clopes, se couchait, dormait, mangeait, buvait, regardait la télé, écoutait de la musique et lisait. Le canapé de son oncle, elle l'avait toujours trimballé avec elle, et sur le canapé de son oncle, Piki passait tout son temps, et l'oncle avait le même truc que Piki, et l'oncle qui avait le même truc que Piki, il était allé dans son chalet, il s'était mis le canon de son fusil dans la bouche et il s'était tué, mettant fin à son trouble – après avoir traversé une période où il le noyait dans l'alcool du matin au soir, suite à quoi femme et enfants l'avaient quitté.

Quand la police est venue me chercher chez Joonatan, cela ne m'a pas étonnée.

Ce qui m'a étonnée, c'était la cause du décès. Un coup à la tête. Cela ne faisait pas partie de l'accord conclu avec Piki.

J'ai raconté tout le reste à la police. Mais ça, je n'ai pas su le raconter, parce que je n'en savais rien. Cependant, je n'ai pas nié que j'aurais pu le faire. Car il m'était déjà arrivé de faire quelque chose dont je n'avais pas de souvenir précis et que je n'avais pas prévu, tandis que je me souvenais de tout le reste : je me souvenais de la terrasse et de sa balustrade, de la sirène de l'ambulance et du couteau qui avait rencontré ma main quand je l'avais glissée dans ma poche. Je me souvenais du verre que je buvais sur la terrasse. Et de mon retour à la maison, après le départ de l'ambulance, au soleil levant. Mais je ne me rappelais pas comment mon couteau avait frappé Piki. Et le sang, je ne l'avais pas vu. Une histoire semblable s'était-elle répétée ? Quelque chose dont je n'avais pas de souvenir précis ?

En même temps, je savais très bien, au fond de moi, que j'étais incapable d'un tel acte.

À moins que… ?

La décision de Piki avait-elle été pour moi une nouvelle déception ? Me sentais-je de nouveau une personne vile, dont l'aide est inappropriée et l'amour plus inutile que l'eau pour qui a soif d'ivresse ?

Je n'avais pas oublié la nuit : je me revoyais aller chez Piki et manquer de glisser dans l'escalier. Les marches venaient d'être cirées et le couloir sentait le sauna. Je me rappelais l'irréalité de mon corps, et les tremblements contenus dans le moindre mouvement, qui ne transparaissaient pas à l'extérieur. Et je me rappelais le Diapam qui ne me faisait aucun effet. Le flottement du rideau noir tel un drapeau à la fenêtre… Une fois, Piki avait dit : « À chaque personne sensée, son propre drapeau noir. » Et je la revoyais me demander, à mon arrivée, si j'avais pensé au lait. En général, elle le buvait à même le pack, mais cette fois elle l'avait versé dans un verre crissant de propreté. Moi, elle m'avait servi un rhum. Et je me rappelais que je m'étais surprise à penser, de façon complètement déplacée, au légendaire canapé homo de l'ancien Mama, que je n'avais jamais vu mais dont j'avais entendu parler. Il provenait du Gay Gambrini, et seuls étaient autorisés à s'y asseoir les homos véritables, quoi que cela puisse bien signifier – dans la classification des espèces, l'« homo véritable » était pour ainsi dire une sous-espèce de l'ordre des cuirs. J'ai dit à Piki :

« Tu te souviens de ce canapé ? »

Elle s'en souvenait, bien sûr, et elle a ri :

« L'existence de ce canapé est invraisemblable. Tous les homos s'appliquaient tellement à rester debout et à serrer les fesses que les goudous assises dessus devaient avoir en permanence une rangée de culs devant les yeux. »

Moi aussi, j'ai ri. On a bavardé de choses et d'autres, presque en plaisantant, et moi j'étais au bord des larmes mais je riais avec elle, et elle souriait, elle n'avait rien de triste ou d'hésitant. Comme si elle était en train d'accomplir quelque chose de plus facile que jamais. Comme si ce qu'elle était en train d'accomplir demandait moins d'efforts que d'aller chercher de la bière au frigo, moins que de faire la vaisselle. Mais, le plus pénible, c'était de constater que ce qu'elle faisait là, c'était réellement la chose la plus facile qu'elle ait jamais eu à faire. Aller chercher la bande adhésive et le sac en plastique pour les poser sur la table, c'était plus facile pour elle que de sortir les poubelles. Elles étaient légères, ses mains, en versant les médicaments.

Finalement, Piki m'a demandé de laver mon verre et de le ranger dans l'armoire, puis de partir, parce qu'elle allait vider la boîte de comprimés, tout avaler avec le lait et enfiler le sac. Ce serait une affaire de quelques minutes. Elle n'aurait plus besoin de moi. Elle désirait un peu d'intimité. Ou peut-être à cause de la tête que je faisais.

« Hé, mon trésor, ne prends pas cet air épouvanté, a bafouillé sa voix. Y a pas de quoi. La lettre, n'oublie pas la lettre. »

Je ne l'ai pas oubliée. J'ai fermé la porte derrière moi. Piki n'était déjà plus qu'à moitié consciente. Elle avait le Xanax dans les yeux, la voix lente et lointaine.

Et moi, je suis sortie dans un matin crissant où la neige légère nous aurait attendues si seulement Piki avait consenti à sortir pour cette fameuse promenade dans la neige fraîche. Mais si j'avais renouvelé ma proposition ce matin-là, elle se serait exclamée : « Enfin, pourquoi ? À quoi bon ? » Et si j'avais dit : « Pour moi », elle m'aurait fait remarquer que c'était trop tard, qu'on était des amies, nous, et que l'amitié n'est pas égoïste. Et à cela, je n'aurais rien trouvé à répondre.

Je me souviens de cette nuit étoilée. C'était une nuit sans brume. Je m'en souvenais. Je m'en souviens.

D'un autre côté, qu'est-ce que ça aurait changé, si j'étais restée plus longtemps ? Si Bossa était arrivée quand j'étais encore là ?

Car c'était Bossa qui était venue.

Personne d'autre n'aurait pu entrer.

Moi je n'ai pas un instant d'absence, sur tout le cours de cette nuit-là.

Peut-être que Bossa est venue apporter le linge. Elle avait envoyé un message, un peu plus tôt dans la soirée.

Peut-être qu'elle rentrait à peine de chez Piki quand j'ai déposé la lettre dans sa boîte.

Peut-être que Piki venait de se scotcher le sac sur la tête quand Bossa est entrée. Peut-être que Bossa a débarqué juste après moi. Peut-être que Piki rencontrait des difficultés. Ou peut-être qu'elle a bougé dans son coma et que Bossa, qui venait d'arriver, a pris peur et… Peut-être que Bossa a pensé qu'appeler les secours permettrait à Piki de rester en vie… mais qu'est-ce que cela impliquerait pour elle ?

Et peut-être que Bossa avait jubilé en trouvant la lettre que je lui avais apportée, parce qu'elle tenait là une preuve lui permettant d'affirmer que j'avais été la dernière sur les lieux.

Et qu'est-ce que j'aurais bien pu répondre à cela ?

J'avais des antécédents. Alors pourquoi pas ?

Peut-être ceci. Peut-être cela. Et en fin de compte, qu'est-ce que ça change ?

À présent, moi aussi je suis en prison. Une autre prison que la tienne, mais quand même. Peut-être que je comprendrai bientôt. Peut-être que je serai plus proche de toi que jamais.

À la porte de ma chambre, on ne frappe pas. Les visiteurs ont leurs clefs.

Je ne mange pas ce que je veux, ni quand je veux, mais ce qu'on me donne et quand on me le donne.

Je ne peux pas baiser quand je veux. Je ne peux pas voir les personnes que j'aime. Korkeasaari sera toujours trop loin.

À présent, les gens me fuient, parce qu'ils croient que j'ai fait une chose qu'il ne faut pas faire. Sur leurs visages, je vois une expression qui m'inspire de la honte et une étrange descente sur les grandes bosses d'un toboggan glacial vers un endroit où il n'y a personne. Seuls des souvenirs étoilés de verres crissants, et un vent froid sur une vieille photo, jaunie par la nicotine, qui n'est plus.

Bande originale de *Baby Jane*

« True Blue », Madonna – © Universal Polygram International Publishing

« Sunset Strip », Courtney Love – © Sony ATV Harmony

« A Lover Spurned », Marc Almond – © Warner/Chappell Music Ltd

« Dying », Courtney Love – © Music that music

« Love Will Tear Us Apart », Joy Division – © Universal Music Publishing Limited (GB)

« Lovesong », The Cure – © BUG Music LTD (GB)

« Ballad of Lucy Jordan », Marianne Faithfull – © Evil eye music inc.

Du même auteur
aux éditions Stock :

PURGE
(prix Femina étranger 2010), 2010

LES VACHES DE STALINE, 2011

QUAND LES COLOMBES DISPARURENT, 2013

PAPIER À BASE DE FIBRES CERTIFIÉES

Le Livre de Poche s'engage pour l'environnement en réduisant l'empreinte carbone de ses livres. Celle de cet exemplaire est de :
250 g éq. CO_2
Rendez-vous sur www.livredepoche-durable.fr

Composition réalisée par PCA

Achevé d'imprimer en août 2015 en France par
CPI BRODARD ET TAUPIN
La Flèche (Sarthe)
N° d'impression : 3012678
Dépôt légal 1re publication : septembre 2015
LIBRAIRIE GÉNÉRALE FRANÇAISE
31, rue de Fleurus – 75278 Paris Cedex 06

70/0014/7